怪談手帖
呪言

徳光正行 著

竹書房文庫

はじめに

世の中には数多の不思議な話が存在する。

それらの多くは主観の内側に存在するモノで、科学的根拠は皆無であるとの見解が世論を占めていることに疑いの余地はない。

しかし、科学的根拠というものがすべてなのだろうか？　裏付けや根拠のないものは封殺されるべきものなのだろうか？

もちろん、そういった意見に耳を傾けることなく、オカルト道を進みすぎることは危険であり、好ましいことではないかもしれない。

かくゆう私も、常に不思議な話に対し半信半疑というスタンスを取り続けている。

ただ「これはどうにも説明がつかない」「こんな嘘をついても得はしないだろう」という話をたびたび耳にすると、半信半疑の定義が崩され、九割信一割疑（完全な造語）みたいなことになってしまう。

この一割疑を持っていないと、バランスを崩してしまうというか――世間体を気にしているからかもしれないが。

これより記すものは、「説明がつかない」所謂霊的な話であったり、運悪く（運良く？）遭遇してしまった個性が強すぎる人々の話である。

何気ない会話の中で、先方から漏れ落ちた話を羅列してみた。

みなさまに一読頂き、不快指数が上昇して頂ければ、幸いである。

目次

解体

小学校時代の友だちEに聞いた話。

当時住んでいたEの家の裏に、Oという名の同い年の男の子の家があり、とても仲がよかった。Eには Y美という妹、OにはH子という、ともに二つ下の妹がおり、妹同士も仲がよかった。彼女たちもいつもおままごとや塗り絵などといった遊びを一緒にしていた。

ある日、二階のH子の部屋でY美は遊んでいた。何の気なしに押入れに手を掛けた。そうするとそれまで機嫌よく遊んでいたH子が声を荒げた。

「そこはダメ‼」

「え？　なに？」

びっくりしたY美が体を強張《こわば》らせながら言うと、H子は大きな声で続ける。

「その押入れには大切な赤ちゃんがいるからダメなの‼」

あまりの剣幕にY美は泣きながら家に帰ったのだそうだ。

お母さんは、

「きっと大事なお人形が入っていたのよ。触ってほしくなかったのよ。気にしないでおきなさい」

と慰めた。しかしH子の怒った顔が怖くて、それをきっかけにY美は遊びに行かなくなってしまった。

兄同士もそれにつられたのかもしれないが、それ以来あまり遊ばなくなってしまい、ともに疎遠になった。

やがて、E兄妹は地元の中学校に進学し、O兄妹は私立の中学校に進学し、ほぼ顔を合わせることもなくなった。

それから数年経った頃からだろうか。Oの家の庭や建物の壁沿いに、ビニールに入れた生ゴミや粗大ゴミが少しずつ増えていき始めた。

「どうしちゃったのかしらね」

Eの両親も心配していたが、家はまるで誰も住んでいないかのようにいつも静まり返っている。高校生にもなっているはずの兄妹も両親の姿もまったく見ることはなかった。

家の雰囲気もどんどん朽ちていく。いわゆるゴミ屋敷のようになり、周辺の住民も文句を言いに行くが、いつもいないのか居留守を使っているのか、誰も出てこない。

やがてEが二十歳になる頃、Oの家の解体作業がはじまった。

「いつの間にか裏のお隣さんとこ、引っ越していたのね。知らなかったね」

と家族で話をしていたほど、誰の息遣いも聞こえない家だった。

解体が始まり、庭で掃除をしているEのお母さんに、業者の人が挨拶をするようになり、やがて立ち話をするようになった。

「いやあ、僕たちも解体業、結構やってますけど、こんな家は初めてですわ。家の中も荒れ放題になってまして」

「あらそうなの？　もう数年住んでいらっしゃらなかったと思うけど」

「いえいえ、ついこの間まで住んでいたって聞いてますよ。だから、こんな汚ったねえ家にどうやって住んでいたんだろうって。どの部屋もネズミが荒らし放題で、生ゴミはもちろん、虫だらけですよ」

「まあ。音もしなかったし、本当に気がつかなかったわ……」

そんな会話をしていた翌日のことだった。

裏の家がにぎやかだった。パトカーが駆け付けて大騒ぎになっている。Oのお母さんはびっくりして様子を見に行った。

家の外に作業員たちが四、五人いて、迷惑そうな顔で警察に話をしたりしている。その中に顔を知っている作業員を見つけた。

「何があったんですか?」

「いや、どうもこうも、たくさんの犬の死体が出てきたもので、虐待かと思って通報したんです。こういうの、保健所に連絡しないとまずいんで。そうしたら――」

押入れの中にビニールでくるまれた犬の死体が何体もある、と通報し、保健所の職員が確認にやって来た。しかし中身を見てみると――。

「これは犬じゃないよ!　警察呼ばないと!」

後日、警察が「裏の家について」話を聞きに来た。いったい何があったのかというEの父親に、裏の家の二階の押入れから、三体のビニールにくるまれた人間の嬰児の遺体が見つかったというのだった。犯人はOの妹のH子だった。

すべて、産み落としては遺棄したもののようで、古いのは四年ほど経っているということだった。

Y美がその話を聞いてふと思い出した。

「昔、押入れに大事な赤ちゃんがいるから開けちゃだめ……H子はそう言ったのよね。それはこの日のことを言っていたのかしら」

それを聞いて、家族ですごく暗い感じになったんだよね。いったいなんだったんだろうね、とEは言う。

いまはどこかの二世帯家族が家を建てて住んでいるとのことだ。

車窓から

友人のDさんが残業終わりで、最終に近い電車に乗っていた時の話。

郊外に住む彼は、その夜、最終の急行に乗り遅れた。

しょうがないので鈍行《どんこう》に乗車したが、車内はかなりの混雑だった。

都心を抜けて乗客は減ってはいくものの、座席が空かない。

いつものこととはいえ、鈍行だと疲れはいっそう足に来る気がする。

ドア付近にもたれたDさんは、何をするでもなく暗い窓に映る自分を見ていた。その時、電車が急停止した。

車内で軽く悲鳴が上がり、酔ったサラリーマンの「なんだよ」という声が聞こえる。

次第にざわつく車内に、車掌のアナウンスが流れてきた。

「ただいま人身事故が発生しました。状況の確認をしておりますのでしばらく停止いたします。お客様においてはお急ぎのところ大変申し訳なく……」

いっそう乗客の声が大きくなる。

「えっ？　この電車が人轢いたの？」

「いやだあ、しばらく動かないよね」

「いい加減にしてくれよ、なんでこの電車に飛び込むんだか」

「まったく、他でやれってんだ」

Dさんも、ただでさえ鈍行なのにこれでまた遅くなる、とため息をついた。

乗っている車両は後ろの方なので、人身事故の悲惨さも伝わってくることもなく、ただ待たされているという苛立ちだけがつのってくる。

しょうがないので窓の外を眺めてみる。もしかしたら前方での動きが少しでも見られるのではないかとも思った。

事故の模様はまったくわからなかったが、自分の停車位置の真横、自分が見ている真ん前約一五メートルほど先に神社の鳥居があることに気がついた。

「あ、K神社か。さすがにこの時間は真っ暗だな」

その神社は鳥居の奥の社殿の横に大層立派な御神木があるのだが、その御神木に丑《うし》の刻参《こくまい》りをするという話を以前に聞いたことがあった。

そう思いながらさらに見ていると、鳥居の下に白装束に身を包んだ一人の女が現れた。

がぜん興味が湧いて、その女に注目する。

女は鳥居を見上げている。

神社に白装束。そうなると藁人形か？　丑の刻参りにはまだ時間が少し早い気もするが……。

「本当にやる人がいるんだ」

見入っていると、隣に立っていた中年のサラリーマン男性も、女の姿に気がつき注視している。二人で女の行方を追う。

女は神社の奥、真っ暗な社殿に向かって消えていった。Dさんもサラリーマンも軽く舌打ちをした。神木に向かって槌《つち》を振るうであろう肝心な場面が、死角と暗闇に入ってしまい見えなかったからだ。

電車はまだ動かない。しょうがないなとばかりに携帯を取り出しいじりながら、神社もちらちら気にしていると、境内で白い人影が動いているのが見える。あの白装束の女だ。Dさんは少しワクワクしながら再び見つめ始めた。

隣のサラリーマンも気付いたようで、扉の窓に身を乗り出す。

暗い闇から女の姿が浮き出てくるように見え、やがて鳥居の下まで歩いてきた。まるで一仕事終えたかのように堂々としたたたずまいに見える。

ふと、女の動きがぎごちなく止まった。頭が不自然に揺れたかと思ったら、顔が正面に向き、その視線がDさんを捕らえている。

「え？　なに？」

思わずたじろいたDさんだったが、ふと横を見るとサラリーマンの男性の顔は強張《こわば》りその色が見る間に白く変わっていく。

外に目を戻すと、女が走って電車に向かってきているところだった。

「わっ！」

サラリーマンの男性はうつむき、その場所から遠ざかろうというのか、反対側のポジションに移ろうとしている。

外では、走ってきた女が線路わきのフェンスにしがみつき、おそろしい形相でこちらを睨みつけているところだ。

ただならぬ状況に気がついた女性の客が「きゃあー」と声を上げた。

やがて、車内に現場が回復したとのアナウンスが響き、電車が唐突に動き出した。

フェンスにしがみついている女はDさんを睨みつけながら、だんだんと遠ざかって行く。横にいたサラリーマンは、反対側の窓に向いて携帯をいじっていた。

帰宅したのは深夜になった。事情を奥さんにメールしていたので、彼女は先に寝ていた。Dさんは静かに着替えると、どっと疲れが出て、夜食をとるでもなくすぐに就寝した。

翌日はフレックスタイムで午後から出社予定だったので、朝は少しゆっくりと起きた。奥さんが朝食を用意しながら言った。

「昨日、大変だったんだね。乗ってた電車で人身事故でしょ。今、ワイドショーでもやってるよ」

「えっ、飛び込みなんか、ワイドショーでいちいちやらないでしょ」

Dさんが返すと、ほら、とテレビを指差す。

そこでは、母親が子供と無理心中しようとしたのができなくて、子供を殺したあとに電車に飛び込んだとリポーターが解説している。

「うわっ、オレそんな電車に乗っていたのか」

母と娘の写真が出てきた。

Dさんはびっくりした。母親の写真が、昨夜の神社から出てきた白装束の女の顔と同じだったからだ。

いやおかしい。同じ女性のはずはない。あの事故はこの女が飛び込んだもののはずがない。車内の他の客で、フェンスで睨む女を見ている人はいたはず……。

そういえば、隣にいたあの男性はなぜ、顔色を変えたのだろう。

彼の眼には何が見えていたのだろう。

そう思い、男性と話してみたいと思っているのだが、同じ沿線で通勤しているとはいえ、再会できずにいるのが残念なのだそうだ。

見えてます？

現在は都内に店舗を構えているGさんが、まだ見習い美容師だった頃の経験である。

Gさんは美容専門学校を卒業後、都内のそれなりに人気の美容室「T」に勤めることが決まった。まずは見習いである。

雑務をすべてこなしながら、数か月の研修期間を経て、ようやく洗髪係を任されるようになった。

そうして二週間ほど経った頃のことである。

とてもスタイルが良くてきれいな女性客が来店した。ブランド物で固めたファッションも化粧も派手だが、モデルでもやっていたのかなと思うほど垢抜けた女性だった。

しかしその女性客の横に、時代錯誤的なおかっぱ頭の小さな女の子がはにかむように佇んでいる。歳の頃は、五、六歳ぐらいだろうか。どう考えてもこの客の連れとは思えないほど、みすぼらしい恰好をしている。

Gさんは不思議に思ったのだが、先輩はまるで女の子が見えていないような対応で席に連れて行く。

女性客は先輩の指名客のようで、椅子に座るとクロスをつけられた。

女の子もすたすたと女性の後ろをついていく。

どういったスタイルにするかを相談しているが、そのうちカットがはじまった。今日は毛先を揃えるだけになったようだ。

先輩は軽快なトークで女性客をくすくすと笑わせている。その間、その少女は女性の座った椅子の後方、美容師のジャマにならないように立って、同じようにうなずいたりくすくす笑ったりしている。

あの子、なんなんだろう？　そうぼんやり思っていると、

「お客さまのシャンプーをお願いね」

先輩に言われた。

「はいっ！」と返事をすると、女性客に「こちらへ」とシャンプー台へと案内した。

女性客を座らせてセッティングすると「少しお待ちください」と声をかけて、先輩のところに行った。

「あの……」

「言いたいことはわかるけど、今はなにも見ない言わない。シャンプーだけやってちょうだい」

先輩はそう耳元で言い捨てると、持ち場に戻った。

Gさんは「でも……」とちょっと思った。なぜならば、シャンプー台の横にもあの少女が立っているからだ。

「すみません、お待たせいたしました」

Gさんはその少女に対してどうしていいのかわからなかったので、顔を強張らせながらも無視して、シャンプーを手早く終わらせた。

髪の水気をふき取り、カット席に案内する。やはりその少女はその後をついてくるが、Gさんは見えていないふりをした。

女性客のセットも終わり、帰り際、少女も丁寧にお辞儀をして店を出て行った。

「先輩、あの……」

「不思議に思うよね。私も最初は不思議に思っていた。今ここにいるみんなもそう思っていた。でも受けとめるっていうか、気にしないことにしたのよ。どうしても気になるんだったらお客さん本人に訊いてみたらいいわ。私の口からいうことじゃないだろうし——また近いところで来るんじゃないかな」

「わかりました……」

そう答えるGさんの目の端で、先輩スタッフがみな薄ら笑いを浮かべているのが見えた。


翌月、同じ曜日にあの女性客がやってきた。また女の子も一緒に来ている。

不思議なことに、店のスタッフは誰も女の子には注意を払わない。本当になにも見えていないかのようにである。Gさんは本当は見えていないのかも。私が見てはいけないものを見ているだけなのかも？　と混乱しそうになっていた。

そんな中、その女性客に「Gさんのシャンプーはとても気持ちがいいわね。ありがとう」と言われたのが唯一の救いだった。

その翌月も女性客は同じようにやってきた。シャンプーをはじめたときに、Gさんは意を決して女性客に訊いてみることにした。

「あの——初めて担当させていただいたときから気になっていたのですが……」

すべてを言い終わる前に女性客がかぶせて答えた。

「ああ、この子のことでしょ？　誰からも聞いてないの？」

Gさんはシャンプーする手が一瞬止まったことを内心で後悔しながら、声に出して「ええ」と答えた。

「この子はね、わたしなのよ。二十年前のわたしなの。Gさんにも見えるんだ！」

Gさんは「はあ？」と思いながらもシャンプーを続けると、斜め下から少女がニタアと笑いながらGさんを見上げている。

「なに？……」

手を離してその場から思わずのけぞったGさん。シャンプー台では女性客が「どうしたの？　続けてね」と言っている。

無理だ——。唐突にそう思うと、「先輩に変わりますのでちょっとお待ちください！」と言うとバックヤードに駆け込んだ。

見えているの？　見えていないの？　他のお客様には少女は見えていないように思

えるが、スタッフには見えている？　もうわけがわからない。

「急に調子が悪くなった」ということで、その日は早退をさせてもらうことにした。先輩スタッフたちが鼻で笑うように「お大事に」と言っている。「すみません、すみません」と店内を何気に見まわしたが、女性客はまだいるが、あの女の子の姿は見えなくなっていた。早く店を出て行きたくて、挨拶もそこそこに飛び出した。

翌日、一番早くに出勤して掃除をしていると、あの先輩がやってきて言った。

「昨日はよく休めた？　休めないわよね。この店にいたいのであれば、あのお客が来られる限り現実を受け止めなくてはいけないのよ。慣れることよ。あなたもそれを自覚してね」

「少し考えさせてください。みなさん、どうして慣れているのだか……」

「だから、私たちはお客の余計なことを詮索してはいけないのよ。お客が過去の私と言ったならそれでいいのよ。それにあの客のこと、オカッパちゃん以外になにか気になることある？」

オカッパちゃんってスタッフの中で呼んでいることを今、知った。そうなのか。みんなわかっているんだ。私はこんな中でやっていける自信はない——。

「私、やっぱり無理だと思うので、ちょっと考えさせてください」

「あ、そうなの。こんなことでダメになっちゃうようなら、どこに行ったたって勤まらないわよ！」


結局、その週一杯で店を辞めることにした。

こんなことで辞めるなんて、私どうしちゃったんだろう。あんなに見習い期間も頑張っていたのに——。そうGさんは店を後にしてから考えていた。

「いったいなんだったのか、よくわからないままなんだけど——」

どこに行ったたって勤まらないとまで言われたGさんだが、今は自分の店を持って頑張っている。

今になって思うけど、と前置きして、

「たぶんあの女性客やおかっぱ頭の女の子が奇妙だったのは当然なんだけど、あの美容院のスタッフたちのなにか含みのある言動がやっぱりどう考えても怖かったのよ。なにか私を陥れるために全員で芝居をしていたかのような。そんなことあるわけないのだろうけど――でもそうだったりして。あの頃の私、結構生意気だったから、みんなで結託して懲らしめようと画策したのかも」

そう言って首をすくめた。

やりすぎ

ある少年の像にまつわる話。

ある地方都市の墓地に、川で溺死した少年をかたどったとされる、一体の石像が建てられた墓がある。

五〇センチほどの大きさなのに、妙にリアルなその石像の下には「Sちゃん辛かったよね。もう大丈夫、天国で楽しく遊んでね」といった、少年を悼《いた》む文章が刻まれている。

しかし、墓地に少年の像というちょっと異様な雰囲気が噂になり、地元のみならず不良やヤンキーたちの格好の肝試しスポットになっていた。

深夜、そういった輩で賑わっていた時期があり、この話も肝試しに参加した元ヤンキーの知り合いから聞いたものだ。

地元では名の通ったワルであったZは、その夜、仲間たち四、五人とこの墓地にきていた。コンビニでのたむろに飽きて「肝試しに行こうぜ」という話になったのだ。

原付きと車で墓地までやってくると、息まきながら少年像の墓までやってきた。

「これかよ、なんだよ、ちいせえなあ」

「向きが変わるとか言うらしいぜ」

「俺は台からいなくなるって聞いたぜ」

ここに来るまでにシンナーなどもやっている連中だから、へらへらと笑ってこの状況を楽しんでいる。

「こんなちんけなのが怖《こえ》えのかよ？」

Zが急にいきりだった。

「こんなのにビビってんじゃねえよ！」

そう叫ぶと、少年像の頭めがけて、力の限り蹴りを出した。

「なにやってんだよ、おまえ。ははは」

仲間たちが面白がって煽《あお》るので、さらにムキになって何発か食らわせると、石像の頭は軽い音を立てて吹っ飛んでしまった。

「あーあ、やっちゃったよ。おまえ、やりすぎだよ」

そう言いながらも仲間たちは笑っている。

Zもおどけたように、像の頭を拾うと高らかに叫んだ。

「肝試し、大成功、ヒャハハ！　その記念にこの頭は僕が持って帰りま～す」

そう宣言してポケットに突っ込んだ。


翌日のことだった。

右足が急に痛み出し、見る間に腫《は》れて歩くこともままならなくなった。

病院に行き、診てもらうと「打撲」と医師が言う。「なにか硬いものでも蹴ったりした？」と問われ、少年像のことを思い出したが何も言わなかった。とりあえず、湿布をされて家に戻ったものの、まったく効果がなかった。

そのうち腫れは引くどころか悪化し、その晩は高熱にうなされた。

朦朧《もうろう》とする中で、夢の中に少年が出てきて、自らの頭を壁に打ち付けて粉砕させる場面が繰り返されたのだという。

翌日になっても熱は下がらないし、朦朧とすると少年が脳裏に出てくる。そうこうしていると、痛んでいた右足は表面が茶色く木肌のように変色してきてしまった。これはただ事ではないと、別の病院に駆け込むと、「壊死《えし》」と言われ緊急入院することになった。

手術が行われ、大量の薬が投与された。しかし原因不明のまま、結局Ｚの足は元に戻らなかった。長期入院の末、ようやく退院したものの、杖が手放せない状態になってしまった。

これはあの少年像への乱暴が元凶であろうと、ある日、Ｚは墓地へ向かった。もちろん、少年の頭を返さなくてはと思ったのだ。

すっかり冬の寒さが身に染みる季節のとある夕暮れ時。誰もいない墓地に一人、Ｚは少年の墓の前に立った。少年像の首は取れたままの状態である。

あの日自分が蹴り落とした頭を置くと、ちょっとだけ頭を下げた。寒くてどうしようもないな、と心の中で思っていた。

もういいだろうと、墓を背にし、墓地の出入り口へひょこひょこと歩いていると、墓地の外に一台のタクシーが停まり、ランドセルを背負った少年と母親らしき女性が降りて墓地に入ってきた。

そして二人がZの横を通り過ぎるとき、会話が聞こえてきた。

「あらかわいそうにね、足が悪いみたい」

「でもあれで済んで良かったんじゃない」

「それはそうね、行きましょ、Sちゃん」

思わず振り返ったZだったが、二人は早足に墓地の奥へとどんどんと進んでいく。

「なんだあれ？」

妙な会話が耳にこびりついてぞくりとした。

「Sちゃん、って言ったよな」

その名前は、少年像に刻まれた子供の名前と同じだと気がついた。

嫌な感じだなと思いながら、墓地を出ようとしたところで停まっていた先ほどのタクシーが動き出し、少し走って急停止した。

その状況がなんとなく不自然だったので、足を引きずりながらZはタクシーに追いつき車内を見てみると、運転手が茫然とした顔で固まっている。

ノックをすると、我に返った運転手がウィンドウを下げた。

「どうしたの？」

「いや、今さ、親子を乗せたんだよ。さっき墓地まで乗せてきて、戻るから待ってててと言うから待っていたら、すぐ戻ってきたから——で、今、乗り込んだ途端、突然笑い出して、なんなんだ？　と思ったら……いきなり消えちゃった……」

俺が見た親子なら墓地の奥に行ったままで戻ってきていないけど——。

言いかけてZはやめた。運転手の放心状態は続いている。

結局、Zの足はさらに悪化して切断したと聞いた。今はどうしているかは知らない。

波乗りと少年

私は茅ヶ崎出身なので、周りにサーファーがたくさんいる。

私も一度、友人のサーフボードを借りて試みたが、ボードの上に立ったと同時に転倒し、勢いで宙に舞ったボードが額めがけて落下、見事に命中して大出血した。しかも塩水のおかげで気絶しそうなほどの激痛を味わい「二度とやるものか」と思った。

地元の友人は私以外はほとんどがサーファーなので、彼らと一緒にいると県外のサーファーの友人もできる。その友人の一人、Sさんの話である。

「波にもよるけれど、だいたい俺は夜中に現地に行ってから車で仮眠を取って、朝日とともに浜に向かうんだよね」

Sさんはその日、たまに足を伸ばす場所に前のりをした。夜中に到着して、真っ暗な浜の側の道に車を停めて仮眠をしていた。

コンコンコンコン。

ウィンドウをノックする音で目が覚めた。

あ、これは警察だ、路上駐車していたのでそう思い、飛び起きた。

ウィンドウを見るが誰もいない。気のせいかと思い再び目をつぶると、また窓が鳴らされる。でも外には誰もいない。

コンコンコンコン。

三度目に鳴らされたとき、これはカーセックスを覗きに来る輩がイタズラしているのだと思い、ドアを開けて外に出た。サッと動く人影が見えた。

大型のランドローバーだったので、後ろに回ってみたら、後輪のあたりに膝を抱えて座っている七、八歳ぐらいの小さな少年がいた。こちらを見てニヤニヤと笑っている。

「おい、イタズラするなよ。寝てるんだからさ」

そう言うと少年は立ち上がり頭をブルブルと振る。

「ちがうよ！　イタズラじゃないよ。お兄ちゃんサーファーでしょ？　ぼく、注意しに来たんだ」

「なに言ってんだよ。子どもが大人に向かって注意かよ」

「今日は海に入るのはやめた方がいいよ、絶対」

へっ？　と思った。Sさんは、地元の子どもだったらなにか波についての情報を持ってきたのかとも思った。

「なにかあるの？」

ちょっと優しくそう聞くと少年は、

「ううん。嫌な気分になるよ」

「嫌な気分ってなんなんだよ。もうさっさと帰んなよ。あと二時間もしたら夜が明けるから、少しでも寝ておきたいんだよ」

「とにかく、僕は言ったからね」

そう言うと少年は暗闇の中に走って消えていった。


もうすぐ夜が明ける頃、Sさんは準備をしてボードを降ろすと、海に向かった。波もいい感じだ。最高のサーフィン日和になりそうだ。

午前中、海から上がることなく波乗りを満喫した。

昼になり、そろそろ上がるか——とボードを抱え、波打ち際を歩いていると、ちょっと先の浜でにわかに人だかりができていた。

経験上、これは溺死体が上がったな、と思った。

そうこうしているうちにパトカーのサイレンも聞こえてくる。

ふと、明け方の少年のことを思い出した。

「まさか。あの少年の死体とか？　幽霊になって知らせにきたとか？」

嫌な予感がした。恐る恐る人だかりに近づいていった。警官の無線でやり合う声がする。

「成人男性の遺体を確認」そう聞こえ、あの子じゃなかったとちょっとホッとした。

そして車に戻って帰り支度を始めたその時、あの少年が現れた。

「だから言ったのに」

「あ、おまえ。——おまえ、なんでわかったんだよ」

少年はなにも言わずニヤニヤと笑っている。

「だから、ここでは嫌な気分になるから、やめた方がいいよ」

不意にそう言うと、踵《きびす》を返して道路の向こう側に走って行った。

「ちょっと待てよ」

追いかけたが、その姿はあっと言う間にいなくなった。

「で、どういう意味なんだって、後で思ったんだよ。嫌な思いっていうのは、溺死体が発見されるのに遭遇するってことじゃないの？」

Sさんは僕に同意を求めていた。でも別の意味もあるような気がしてるんだよな、とも言った。

「やめた方がいいよ、お前が死ぬからってことのような気もしてさ」

Sさんはそれ以来、その場所で波に乗るのはやめたという。

期間限定

P君の実家であったという話。

休日の夜、家族全員がそろって夕食をしている時のことだった。

ガッシャーーーーーン！

けたたましい音が家の外から響いてきた。

「事故か！」と家族は騒然となった。

父親が「ちょっと見てくる」と言い、母親も一緒に外に出ていった。P君と弟も一緒に行こうとすると、母親に「子供は家の中にいなさい。それからご飯食べちゃいなさい」と止められた。

「なんだよ、交通事故かな。家の前で何があったんだろう」

一階の窓からは植木が邪魔になって前の道路は見えない。

二階の道路沿いにあるのは両親の寝室だから、入ると怒られる。

「しょうがないなあ」と兄弟でまんじりともせず、もちろんご飯なんて食べている場合でない。

その頃、駆けつけた両親の前には、男が血塗《ちまみ》れで泡を吹いて倒れていた。

両親が家に戻ってきて、父親が救急車に連絡を入れた。母親は新しいタオルを引っ張り出してきて外に出て行った。

電話を切り外に出た父親は、倒れた男に話しかけるが男の意識はなくなっている。

どうも、自転車で電信柱に激突したらしい。

母親がタオルを傷口にあてて、救急車の到着を待った。

やがて救急車が到着し、隊員がてきぱきと男の状況を確認し、車内に運び入れた。

「連絡いただいたのはお宅ですか？」

隊員の一人に聞かれ、父親が答えた。

「この家の者なので。音がして出てきたらこんな状態で。男の人、どうなんでしょうね？」

訊かれた隊員の表情が冴えない。あまり芳《かんば》しい状態ではなさそうだ。

「身元がわかるものがないのと、事故の状況をわかるのがあなただけなので、申し訳ないですがご同乗いただけますか?」

「ええっ?」

結局、父親が救急車に同乗することとなった。現在では目撃者が同乗することがあるのかどうかわからないが、当時P君の父親は付き添いとして病院に行ったのだそうである。とんだ巻き添えである。

深夜になって父親が帰宅した。男は死亡したそうだ。

酔っていたわけでもなく、何らかで運転をあやまったのであろう。自転車で電信柱にぶつかって死亡するとは、よっぽどあたりどころが悪かったのだと思う。

翌日、P君はそれを聞かされ、家族はどんよりとした気持ちになったという。


それから一週間後、亡くなった男の妻という女性が家を訪ねてきた。あれからすぐ身元がわかったらしく、手当てをして最後付き添ってくれた父親に深く礼を言って帰っていった。

その夜からである。

十一時頃のことだった。玄関先で妙な音がする。

P君の家の門がガラガラと開く音がして、玄関のドアノブがゆっくりとガチャリと回される音がしたのだという。

まだ起きて一階の居間にいた両親は、「泥棒か」と思ったらしい。しかしそっと見に行っても門は開いていないし玄関もカギはちゃんとかかっている。あらゆる窓を確認したが、鍵はすべて閉まっている。あたりを確認しても人の気配もない。

その音は次の夜、同じ時間にまたする。

その次の夜も同じ時間にまた音がする。

いったいなんなんだろう、心当たりはなにもない。その音が数日続き、また今夜もか、と様子を見ていると——。

ガッシャーーーーーン！

あの男が事故を起こしたのと同じ音が家の外で響き渡った。

また事故かと、父親が慌てて外に飛び出していったが、変な顔をして戻ってきた。

「いや、なにもなかったよ」

Ｐ君も音に飛び起きて二階から下りてきた。「子供は寝てなさい」という両親の顔が強張っている。

その翌日も同じような時間に、けたたましい音が響き渡った。

ガッシャーーーーーン！

その翌日もまた事故の音がする。それはやはり数日間続いたのち、ぴたりとやんだ。

「門を開けてドアノブ回してってっていうのは、その亡くなった男性がお礼を言いに来たのかなとは思ったんだよ。でもその後に、事故の音だろ？　それが繰り返されるってなんだかおかしくない？」

Ｐ君はそう言った。

私は、ふと思って口にした。

「それ、全部その亡くなった男がやったわけじゃないんじゃないの？　自殺現場で亡くなった人が自殺を繰り返すように、事故の音はその男が繰り返したかもとは思うけど、家に入ろうとしたのは——便乗しようとしていたなにかじゃないの？　それか、その家で何か別のことが過去にあったとか——」

「おまえ嫌なこと言うなあ。まあその後は何もなかったからいいんだけどさ」

今も両親が住んでいるから、本当に何も心当たりがないのか聞いてみようかな……。

P君の顔が真顔になった。

もしなにかあったら――乞うご期待である。

悪趣味ホテル

友だちSさんから聞いた話。

目的地を決めずにSさんと彼女は車で旅に出かけた。

計画的でないとなると、宿泊場所は結局はラブホテルしかなくなるだろう、そんな読みが二人にはあった。それでいいんじゃないということで始まったのだ。

夕食を済ませ、宿選びだ。平日なのでどこでも空いているだろうと余裕をかましていたら、ラブホテルはどこも満室。いまさらビジネスホテルも空室はないだろうと頭を抱えた。

どうしようかと車を流していると、ちょっと先の方に、赤と緑でライトアップされたホテルが目に入る。

こんな派手なライトアップがされているのに、なんで気がつかなかったんだと、二人は車で向かった。

近づいてみると、実に悪趣味な外観であった。ラブホテルでもなさそうなのだが、これだけグロテスクなホテルだと部屋も空いているような気がした。

ミロのヴィーナスとか大仏とか、他にも何かわからないような彫刻もどきが入り口付近にライトアップされて立ち並んでいる。吐き気がするほど下品だなと二人は話したが、とにかく宿を確保しなくてはならないのでそうも言っていられない。

駐車場に車を停めて、入口のガラス扉から中を覗いてみると、ロビーに真っ赤に着色された錦帯橋《きんたいきょう》のような橋が架かっている。その横には虎《とら》のはく製をはじめ数多のはく製もどきが並んでいる。

仄《ほの》かなライトがそれらを照らしているが、全体的に暗く陰気だ。

彼女は「違う違う、ここはヤダ」とばかりに首を振ったが、もうさんざん探した挙《あげ》句《く》のここだ。「もうここしかないから」とSさんは意を決して自動ドアをくぐった。

ロビーには誰もいない。

フロントにあったベルを鳴らしてみた。反応もない。

「すいませ～ん」

大きめの声を出すと、しばらくして奥から大柄な男性が不機嫌そうに出てきた。思わず身構えながら「今晩、泊まれませんか」とSさんが言うと、男性は笑顔も見せずに「お待ちください」と言い残し、再び奥に引っ込んだ。待っていたが、十分経っても男は戻ってこない。二十分、三十分と時間は経っていく。その間「すみません」と、何度か声をかけたが無反応だった。

彼女の姿を探すと、自動ドアから外に出て車の方に戻ってしまっている。そして、頭の上で大きく手でバツの合図を出している。

Sさんもさすがに「やめよう」と思い、車に戻ってエンジンをかけた。趣味の悪い出入り口から車を外に出して走り始めた。

「なんだよな、あのホテル」

運転しながら、一キロほど離れたところでバックミラーを見てみると、そのホテルがあった場所の赤や緑の派手な明かりが消えていた。

「なんてやる気のないホテルなんだ」

憤《いきどお》りを通り越し呆れたSさんと、「もう疲れちゃった」という彼女は、しょうがないのでその日は車で眠ることにした。

翌朝、前夜の反省を踏まえて宿だけは予約することにした。

駅前の観光案内所に向かい、適当な宿の予約を済ませると、昨夜の顛末《てんまつ》を案内所の男性に話してみた。

すると男性は怪訝《けげん》な顔で言う。

「あの悪趣味ホテルか。あれはヤクザ系の人がやっていたホテルだから、トラブルも絶えなくてね五年前に潰れているんですよ。——でも、あなたたちみたいなことを言う人がけっこういるんですよね」

「でも昨日、僕ら見たんですけど。中に入ったらスタッフの人もいたし——」

二人はびっくりして言い返した。

「そんな風に言う人たちが、たまにいるんですよ。じゃあ、試しにそのホテルを見てきてはどうですか?」

男性は手元の観光案内の地図に、そのホテルの場所だと丸を付けて渡してくれた。

いまさら行きたくもなかったが、昼間は時間の余裕があったので車で行ってみることにした。

近づくにつれて、そのホテルが明らかに営業していないのがわかった。

廃墟だった。

ホテルの前を通ると、その壁には落書きがされているのが見え、ミロのヴィーナスと大仏も破壊されている。駐車場に車を停めて、フロントの中を覗いてみると虎のはく製もどきをはじめ、あらゆる装飾品が転倒している。

案内所の男性が言っていたように、五年は経っているであろう荒れ方だった。

「狐《きつね》につままれたとか狸《たぬき》に化かされたみたいな話があるが、そういうことなんじゃないかな」

もしくは時空の歪《ゆが》みに入り込んだのか。

「とにかく、泊まらなくてよかったよ」

Sさんはそう言い、私もうなずいた。

再会

これは父の経験談だ。父は基本的に心霊の類いをまったく信じていない。

しかし、これは不思議だったと本人が言う、唯一の体験である。


まだ父が局アナの頃のこと。仕事が終わり、飲みの約束があったので繁華街に出向こうとしていた。何の拍子か、ふと旧友のJさんのことを思い出した。

学生時代の友人で、当時はよく二人で遊び回っていたのだ。時が経ち、すっかり疎遠になってしまっていた。

彼との思い出にふけりながら目的地に向かっていると、背後から「おい!」と声をかけられた。見ればまさに今、思い出していたJさんの姿である。

「久しぶりじゃないか! こんなところで会うなんて偶然だ」

細い目を見開いて、父は驚きとともに大層喜んだ。

「今ちょうど、おまえのことを思い出してたんだよ」

そういう父に、Jさんはいたずらっぽく笑いながら応える。

「相変わらず調子がいいな。テレビからも伝わってくるぞ」

二人は大笑いする。Jさんが父に言った。

「一杯どうだ。おまえには世話にいろいろとなったことだし――」

その夜、あいにく父には先約があったので、それには応えられなかった。

「ザンネンだな。近々改めて呑もうじゃないか」

そう言うと、寂しそうな顔になった旧友に父も申し訳ない気持ちになったが、自宅の電話番号を名刺の裏に急いで書いて手渡し、再会を約束した。

Jさんはメモを握りしめ、父の顔をじっと見ると、「じゃあな」と背を向けた。

父も本当に残念ではあったがその背を見送り、目的の場所に向かった。

飲み会の帰り道、「しまった。あいつの電話番号、聞くのを忘れた」と思ったが後の祭り、旧友から電話がかかってくるのを待つことにした。

翌朝、いつも通りに出勤しようとすると、家の電話が鳴った。

「もしかしたら、あいつか？」

電話に出ようとする母を制し、父が受話器を取った。

「もしもし？」

それは、女性からだった。

「徳光さんですか、Jともうします。いえ、Jの妻です。実は、一週間前に主人が亡くなりまして――遺品を整理しておりましたら、徳光さんのご自宅の番号が書いてある名刺がありましたので――お電話してしまいました。――生前、病床で主人は徳光さんに会いたいといつも言っておりましたので――お忙しい時間に、急にすみませんでした」

電話を切ろうとしたJの奥さんに、父はあわてて聞いた。

「そちらの連絡先と自宅の住所を教えてください」

後日、改めてJの家に、手を合わせに行ったのだという。

その話を聞いた時に、私は「辻褄《つじつま》が合わないし、奥さんにその晩のことを言わなかったの」と聞いた。

「辻褄を合わせる必要もないし、奥さんにその話をしても意味がないだろう」

でも、あの時に一緒に飲んでおけばよかったなあ。

父は、少し肩を落としながら言った。

迷宮

とある地方に住んでいるN君が体験した話だ。

大学生になり免許を取ったN君は、ある夏の夜に一人で車を運転していた。目的があったわけではなく、他に往来が少ない時間に運転を慣らそうとしていたのだ。

「あまり遠くに行きすぎないこと」「○○場には入り込まないこと」「なにかあったらすぐに連絡すること」と父親と約束させられていた。父親の車を借りるからだ。

「○○場っていったいなに？」

そう聞くN君に父親は地図で場所を示しながら、細い路地の多い所だから入ると出るのが大変になる、初心者には危ないから行かない方がいいんだ、と言っていた。

時刻は夜の十時を回った頃。

そろそろ家の方向に戻って行かないとまずいな。そう思いながらハンドルを切り、家へのショートカットになるのではないかと考えた、細い道に入り込んだ。

機能しているのかわからない、たよりない光を放つ外灯がポツンポツンと並ぶ薄暗い道。平屋が隙間なく続いていてまるで壁のようになっている。そんな軒先では夕涼みをしている人影がちらほら見えた。

しかしその人影も、車のライトに照らされたとたん、運転席をひと睨みすると足早に家の中に飛び込んでしまう。その家々の明かりも一斉に消えた。

息を殺すような静寂の中、頼りない外灯と車のライトを頼りに細い道をN君はノロノロと走る。

「なんだろう、ここ。早く抜けてしまおう」

大きな通りらしき道が前方に見えてきた。家々の壁もそこで切れているようだ。

にわかに、後方から子供の声がした。一人ではなく大勢の子供が囃《はや》し立てるような声で、徐々に大きくなってくる。

バックミラーを見ると、薄闇の中に白くぼんやりと見える裸の子供たち。

十数名ほどいて、それが道幅いっぱいに広がり、こちらに向かって走ってくる。

「なんなんだよ、こいつら」

裸の子供たちが夜中にこちらに走ってくる——シュールな光景に恐ろしくなり、アクセルを踏んだ。しかし、なぜか吹かしたような状態になるばかりで前に進まない。

「おいおい、故障かよ！」

アクシデントにはまったく慣れていない。N君は焦ってアクセルを踏み続け、ハンドルを強く握りしめる。

その間に、子供たちは車を取り囲んでしまった。男児も女児も入り乱れ、いやに真っ白い体が闇に浮かんでいる。

しかも子供たちは手に手にボロボロの和人形を持ち、それで車をがんがん叩く。

幽霊とかの類いではない。ただの素っ裸の汚い子供だ。

「やめろ、なにするんだよ。やめろ——」

クラクションを鳴らすと、車を叩く手がいっそう激しくなる。ウィンドウは子供の手の脂《あぶら》と泥のような汚れでみるみる曇っていく。

「わーーーーーーー」

一人車内で大声を上げながら、どうしようどうしようと考え、いったんエンジンを止めてからキーを捻《ひね》った。

エンジンが爆音を上げてかかった。そのエンジン音に車を囲んでいた子供たちが一瞬ひるんだ。アクセルをソロリと踏み込むと車が動いた。

前方にいる子供たちに気をつけながら、徐々に車を動かしてその輪からなんとか脱出した。

子供たちは後ろから奇声を上げながら追ってきていたが、通りに出た瞬間にスピードを上げ振り切った。

「なんだったんだ、あれ」

バックミラーには夜の道路しか映っていない。安堵したものの、改めて恐怖が体を強張らせ、ハンドルを持つ手が震えた。しばらく走ったところで路肩に車を停め、気を静めてから家路についた。

「おまえ、昨日の晩、どこに行ったんだ?」

翌日、泥だらけ、手垢だらけの車の理由を父親が聞いてきたが、「道に迷っちゃって」と言うばかりで、詳細をN君はなにも言わなかった。一晩経って、あれが本当だったのか夢だったのかよくわからなかったからである。

その数日後、夕食が終わった後、「ちょっと来い」と父親が書斎にしている和室に呼ばれた。

「おまえ、○○場に行っただろ？」

「なに？　そんなところに行ってないよ」

そう答えたものの、先日の夜に迷い込んだあの場所のことかもしれないと頭の隅で思い出した。でもN君は地図を確認しながら走っていたわけではないので、その場所に入ったとはまったく認識していなかった。

父親は難しい顔をしてN君の顔をしばらく見ていたが、ふっと息が漏れたと同時にひどく悲しそうな顔になった。

「ただじゃすまんぞ――悔しい。悔しい」

そう言うと父親は「もういい」とNを部屋の外に出した。

N君はなんのことかさっぱりわからなかったが、しばらく家の中が暗く陰鬱になったことに居心地の悪さを感じていた。

父親が他界したのは、その一週間後だった。

就寝中の心臓発作で、朝に母親が冷たくなっている父親を発見した。

葬式が終わり落ち着いた頃、父親方の祖母のところに母親の頼まれごとで行った時のことだった。

「あんた、○○場に行ったんだろ？」

祖母がN君に茶を振舞いながらそう言った。

「お祖母《ばあ》ちゃん、それ、なんのことがよくわからないんだけど——親父の死に関係があるの？」

N君は父親が漏らした「ただじゃすまんぞ」という言葉を思い出した。

祖母が哀しい目をしてN君をじぃと見つめた。そして、

「あんたの祖父《じい》さんも同じ死に方をしたんだよ。あんたのお父さんが、○○場に行ったあとに、ぽっくりとね。あそこはここいらの人間は入っちゃいけない場所なんだよ」

手元の湯飲みに視線を落とし、なにかに聞かせるように言う。

「あそこに行ったら、必ず誰かを差し出さにゃいかんからねえ——絶対に行っちゃいかんところはあるんだよ」

先祖同士の穢《けが》れが今も生きているところなんだと言う。
しかしどの文献を探しても、そのような史実に触れたものはなかったとN君は言う。
今その地域は再開発されて大きなマンションが建っているらしい。

死神

「死神って基本、黒いスタイルしているだろ？　あれ、ホントだと思う」

そう言うのは友達のK。彼が小学五年生の時に不思議な体験をしたという。

ある日、突然高熱が出て倒れた。医者に行っても原因がわからない。

両親も心配して看病し続けるが、何日経っても熱が下がらない。

K自身も体が四六時中だるく、布団の中でぼんやりしているばかりだった。

「いや、もうだめだろう」

「いや大丈夫だろう」

そんなやり取りが間近に聞こえてきて目を覚ました。

「だめだろうよ」

「大丈夫だろうよ」

誰が話しているのかと見てみると、自分の枕元に二人の男が立っている。

ニヤニヤと笑いながらKを見下ろして、

「もうだめだろうよ」

「いや、大丈夫だろ、これくらい」

などと話をしている。

知らない大人だ。なんで僕の部屋にいるの？

口にしようとするが声が出ない。

「俺は死ぬ方に賭けるよ」

「じゃあ、俺は死なない方に賭けるよ」

反抗しようにも起き上がれない。やがて、

「頼むから死んでくれよ、じゃないと大損だからよ」

死ぬ方に賭けたという男がそう言うと、二人はドアを通り抜けるように出て行った。


「誰か来てたの？」

男たちが出て行った後、溶けるように寝ていたKの横で母親が大きな声を出していた。目を覚ますと、母親が何かをわめいている。

「泥棒？　部屋の中が足跡だらけじゃない！」

蒲団の中でぼんやりとしているKの周りで、仕事に行っているはずの父親が帰って来たり、警察官が立ちまわったりしている。

身体を起こされ居間に連れられてきたKに、警官がいろいろと質問するが、Kは自分が見た男たちが夢ではなかったのかとびっくりした。そして自分が憶えていることを話した。

話をしているうちに、あれだけだるくてぼんやりしていたのがどんどん良くなってくる。自分でも不思議だった。

警察が帰ったその夜には、すっかり元気になってしまった。翌日には学校に登校できるまでになったらしい。

結局、家から紛失したものもなく、Kの部屋に上がり込んでいた男二人が何者なのかもわからなかった。

「その男たち、いったいなんだったんだろうね？」

私が訊くと、Ｋもうなずきながら応える。

「さっぱりわからないよな。でも、男二人の足跡が部屋中についていたんだ。だから誰かが俺の部屋を歩き回っていたのは確かなんだけど——おかしなことに入ってきた跡と出て行った跡がないんだ」

「突然現れて消えたってこと？」

「そうそう。しかも、そいつらって全身真っ黒でサングラスまでかけていて——」

後年見た、とあるＳＦ映画に出てくるキャラクターそっくりで、「あ、こいつらだ」と思ったそうだ。

「おまえの生死を賭けてたけど、負けた方は何を失ったのかな」

また死にかけたら来るかもしれん、その時に訊いてみると笑った。

或る住宅

これは私が十数年前に、とある雑誌の取材で「怪奇スポットめぐり」をした時に見聞きした話だ。

都内のとある場所にある住宅が異様だということで、見に行くことになった。

もう今は荒されてボロボロの廃墟になってしまったとも聞いているが、当時はまだそんなことはなかった。

最初に情報を寄せてくれた人に、その家にまつわる話を聞いてから、現場に向かうことにした。

その家というのは、両親と娘、父親方の母親が一緒に住んでいたという。

近所では仲の良い家族だったといわれていたそうだ。しかし事件は突然起こった。

祖母が孫娘を惨殺してしまったのである。すぐに逮捕され調べるうちに、精神的になにか障害が起きた故の凶行だったのか、精神鑑定のすえ執行猶予となったという。娘が被害者となり親が加害者となってしまった両親は、近所の好奇の眼にも負けずいまだその家に住んでいた。

そして、その家に、孫娘を殺害した祖母も戻ってきた。普通に考えても、これはかなり歪んだ状況であるといえるだろう。

しかしやがて、母親がひっそりと出て行った。その後、いつの間にか父親もいなくなった。

そして、祖母が一人残され、その家で暮らし始めた。


近所の人はその老婆とかかわりを持たないようしていた。なぜならば、一人になってから、奇行が目立ってきたからだ。

ある日、近所の人間が通りかかって、老婆の家に目を奪われた。

家の外壁に、大きな和紙が貼り付けられている。そこには達筆な毛筆で、自分がいかに狂っているのか、ということが綴《つづ》られている。

翌日、その紙の横に新たな和紙が貼り付けられた。

出て行った嫁がいかに自分を虐待したかという話だった。その次の日には、嫁が一番大切にしている娘をどうやって殺してやったのかの一部始終。その後もどれだけ自分が嫁のことを嫌っていたのかという罵詈雑言、息子はなぜあんな女を選んだのかという息子への不平不満、孫が憎い、憎い嫁の産んだ孫が憎い……。

毎日毎日、書いては重ねて貼り付けられていく怨念。やがてその紙は家全体を覆ってしまうほどだったという。

いつ頃か、紙が貼り出されることがなくなり、老婆の姿を見なくなった。覚えのない異臭が付近に漂い出して、近所の人が警察に連絡をした。

案の定、老婆の遺体は家の中で見つかった。

遺体の近くには「幸せな人生でしたさようなら」とひと言記された紙がおいてあったという。

その家はたしかに異様な状況のまま置かれていた。住む人がいなくなって何年も経っていたと思うが、私が取材した時点でも貼り出された和紙はまだ残っていた。

狂気と怨念が練り込まれた重い空気が漂う場所だったと記憶している。

取材の後、友人の家に食事に誘われていたので行った。飼われている小型犬が、玄関先で私を見た途端に狂ったように吠えかかった。

いつも懐いている犬なのに、友人も「どうしたどうした」と慌てている。

私も、玄関から上がれずに立ちすくんでいると、犬が突然、口から泡を吹いて卒倒した。慌てて友人が抱き起すと、しばらくして何事もなかったように立ち上がった。

そして、いつものように私の手を舐めた。

車椅子

友だちのRから聞いた話だ。都内の某駅でのこと。

それは朝のラッシュ時で、そんなものすごく混雑している駅ホームの人ごみの中を、車イスで移動する一人の老婆がいた。

車イスとはいうものの、じつにおざなりなもので、昔のベビーカーのような小さな車輪のついた箱に座って、足でこいでいるのだった。

それだけでも異様なのに、その恰好が派手だった。紫のワンピースに緑のカーディガンである。黒いオカッパ頭なのがさらに印象的だった。

そんな危なげな風体に、混んでいる人ごみも彼女の通る道筋はキレイに割れて行っていたという。

Rはその朝、急いでいたわけではなかったこともあり、興味本位で軽く後をつけ始めた。老婆は駅を出るとよたよたと車イスを自分の足でこぎながら、路地に入って行く。細い路地を何度か曲がったところで停まった。

Rはそっと覗き見ていた。周りは人も通らない。

老婆はすっくと立ち上がると、車イスを手に持ちいきなりダッシュをした。向かったのは青いポリのゴミ箱だった。その朝はゴミの日で、収集場所にはそれ以外にも袋に詰められたゴミが山のように出されていた。

老婆はゴミの前に立つと、ポリのゴミ箱の蓋を開けた。オカッパ髪のかつらを取ると、中に叩き込み、派手なワンピースを脱ぎ捨てるとそれも放り込んだ。

そこに立っているのは、ランニングシャツとトランクス姿の小柄な中年の男だった。

Rが唖然として見ていると、男はさらに急に、ものすごい勢いでゴミの山の中に手を突っ込んだ。と思ったら、その手に握られていたのは一匹の中型のドブネズミだった。

「まさか！」

Rはびっくりしていた。足の悪い老婆かと思いきや、変装していた中年男だったことにもびっくりだが、ネズミを手づかみするほどの反射神経にだ。

男は握りしめたネズミを目の前に、なにやら一言二言話しかけている。

そしておもむろに、ブロック塀にその頭を打ちつけた。

一度、二度、三度……。肉塊と化した手に握ったネズミもゴミ箱に放り込み、血塗れになった手を取り出したハンカチで丁寧にふき取ると、それもゴミ箱に投げ入れた。

そして、車イスの荷物入れから取り出したスーツに着替え、黒いカバンを手にすると、車イスもゴミ捨て場に投げ入れた。

その後、何もなかったかのようにその場を離れ大通りに歩を進めた。そしてビジネス街へと消えていったという。

三塁ベンチ

とある団地の敷地にあった、少年野球場での話。

少年野球場にあった屋根付きベンチはヤンキーのたまり場になっていた。野球の練習以外では使われていないし、そんなに頻繁にやっているわけではなかったからだ。

また夜は特に誰もよりつかなかったので、酒や煙草、たまにロケット花火などで大騒ぎをしていた。また女を連れ込む時は三塁ベンチに、という暗黙のルールもあり、誰かが使っている時にはそちら側に行かないということになっていた。

いまはそんな面影はないが、当時はバリバリのヤンキーだったというUが、ある夜、女を三塁ベンチに連れ込んでいた。

特に闇の濃い夜だった。

「今夜は決めてやる」

意気込んだUが、女に覆《おお》いかぶさったその時、
ドーーーーン！

ベンチの屋根がものすごい音を立てて揺れた。

Uは失禁するほど驚いた。女も引き攣《つ》った形相になっている。

しかし、ここでビビらず男気を見せて、そうしなければヤレナイ！

「大丈夫だって」

あたりを少し確認して、そう言って女をなだめた。確かに、音が鳴った屋根も何ともなっていない。大きな岩でも落ちてきたかのような音だったのに。

逆に、これだけ女がビビっているならいいぞ。ここで一発決めて……。

ドーーーーーーン！

再び屋根がさらにものすごい音を立てて揺れた。

女は恐怖のあまりか失神してしまって反応がない。Uはどうしようかちょっと迷ったものの、女を置いてその場を逃げ出した。

しばらく経って、後輩の一人を呼び出し、二人で三塁ベンチに戻ろうとした。

「にしても、女を置いて逃げ出すなんて、どうなんすか?」

後輩がにやにやしながらUに言う。

確かにそうだけど、お前には言われたくない、そう思いながらUは後輩に虚勢を張った。

「本当になにかが俺らを襲ってきているなら、戦わねばならないだろう！　そのための準備をしにその場を離れただけだ！」

「またまた～」

ベンチに行ってみると、すでに女はいなくなっている。

「女も気がついて、先輩いないから帰ったんでしょ。どこでひっかけたんすか?」

翌日、明るいうちにUが三塁ベンチに立ち寄ると、ベンチの屋根は上から何か大きな物が落ちたかのようにぐにゃりとへこんでいる。

そして外には、花が供えられていた。

「昨日、こんなことにはなっていなかったのに?」

後で仲間に聞いたことには、Uがその場所に女を連れ込んだその前夜に、隣接する集会所の建物から未成年の女性が飛び降りたのだという。

ちょうど三塁ベンチの屋根に落ち、女性は死亡、屋根は現在のようにへちゃげてしまった。

Uはそれを聞いておかしい、と反論した。

「だって俺、その次の夜にそこに行ってるよ？　でも何ともなかったはずなんだけど」

そこで後輩も口をはさんだ。

「そうっすよね。おれもその場にいたんですけど……先輩、ひっかけた女って、どこの女ですか？　野球場にいた？　あの夜に一人であそこにいたから話しかけたらいい感じになった？　それ、まずくないっすか？　その女こそ……」

洞穴

友だちのD君が小学生の頃の話だという。

ある休みの日、父親がD君と弟の二人と一緒にドライブに出かけようという。

目的地は町の外れにある高台の自然公園である。

兄妹は盛り上がった。父親と遊びに行くのは久しぶりだからだ。

母親に手造りのお弁当を作ってもらい、父親の運転で三人は出かけた。お昼に到着しお弁当を食べ終わると、D君は弟と二人で公園の探検をはじめた。

父親は昔よく来たことがあると言っていたが、二人はこの公園に来たのは初めてだった。

小高い山自体が公園になっており、緩《ゆる》やかな斜面には遊具や施設が設置されている。散策用の小道が林の中を通っていて、ぐるっと回ればくまなく一周ハイキングできる

黄泉がたり、黄泉つぎ

「人気作家による実話怪談リレー」

黒い結婚

葛西俊和

トシコさんはバリバリのキャリアウーマンである。仕事が楽しくて、今も独身、浮いた話もないという。

そんなトシコさんに聞いた話だ。

ある夜、同僚たちと食事をした後、先輩の男性社員と二人でバーで軽く飲んで帰ることにした。

先輩の家では子供が生まれたばかりで、スマホに大量保存してある愛娘の写真を見せられながら「結婚もいいぞ」と言われ続けていた。

トシコさんは、「大きなお世話！　結婚こそ縁とタイミングのものだし、だいたい私はその気がないからいいのよ！」とウィスキーをグイグイ飲んでいた。

「そう言えば――」

先輩がスマホの画像を探しながら話し始める。

「大学の後輩で、ようやく結婚できた男がいるんだよ」

聞けば、エリートなのだが研究一筋でまったくモテない真面目男が、信じられないほどの美人と先日結婚式を挙げたという。

この奥さん、すごい美人だろ？

見せられた花嫁姿の女性。確かにモデルかと言わんばかりの美しさだ。その横には冴えない新郎が引きつった笑みを浮かべている。

「でも、なんだか計算高そうねェ。幸せならいいけど、なんとなくこの女の人、なにか裏がありそう」

「おまえ、やっかみ過ぎ！」

くそっ、そうきたか。でもなんだかこの女性の顔、怖いなあ……。

先輩が面白がってちゃかすのを、はいはいと言いながらその画像を見ていると。

「ちょ、ちょ、なにこれ！」

スマホの画面でにこやかに笑う女性のちょうどベールがかかっている頭頂部分から、黒い筋がいくつも上部に走りはじめ、見る間に女性の背後を黒く塗りつぶしていく。

やがて花嫁の顔は真っ黒に潰れ、赤い唇だけが浮いたようになり、舌なめずりをしたように見えた。

「気持ち悪っ」思わず声を出したトシコさんの横で、先輩は強張った顔でスマホの電源を入れ直して改めて画像を探したが、それきり見つからなかった。

しばらくして先輩から、あの新婚の後輩が大変なことになっていると聞いた。

女性が過去にも結婚詐欺的なトラブルを引き起こしていたことがわかり、揉めに揉めているという。

「白黒の心霊写真が時間の経過とともに変わっていくなんて話を聞いたことがあるけど、デジタルの画像でもそんなことがあるんだと思ってビックリしたわ。あんなのを見たのも縁とタイミングね」そう言っていた。

次回は渡部正和さんです、お楽しみに！

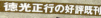

ようになっている。小道を外れると木々が鬱蒼《うっそう》とした場所も多々あって、小学生の男子の好奇心は燃え上がるばかりだ。

人のいなさそうな場所を目指して探検家気分だ。父親が「あんまり変なところに行くなよ！　洞窟なんかもあるけど絶対入るなよ！」と声をかけるのを背中で聞いて、「洞窟だってよ！　探せ！」と意気込んだ。

やがて、父親の言っていた洞窟を発見した。

「うおー、すげえ！」

しかし奥が見えないほど深く、鉄条網が張ってある。しばらくは二人で盛り上がったが、それを突破してまで探検する気などはまったくない。中に入れないのであれば飽きてくる。

「他にもあるから探そうぜ！」

二人はどんどんと林の奥に入って行った。そのときD君が「あれなんだ?」と指差した。

こんもりとした山肌に黒く口が開いている。洞窟である。

二人は「やったー！」と近づき、中に飛び込もうとしてD君が「待て！」と声をかけた。中は高さも深さも二メートルほどの浅い洞窟なのだが、何やら様子がおかしい。

「なんかいる。ほら――」

洞穴の壁面や天井に蠢くものがいる。凝視してみると五、六センチほどの蛇のような生き物が這っている。しかしその形態がおかしい。頭は普通の蛇なのに、胴体が極端に短いのだ。それが、かなりの数がいる。

気持ち悪いとは思わなかった。なんだこれ？　と思っていたら、弟が足元の石を拾うと、その生き物に向かって投げた。

当たったか当たらなかったかはわからなかったが、石の当たった側面付近にいた数匹の生き物がポタポタと洞窟内の地面に落ちた。そして落ちたと思った途端、地面に吸い込まれるように消えて行く。

「なんだよ、おもしれえ」

二人は手近にある石を拾っては、這っている生き物に投げ続けた。当たった生き物はまるでゲームのように落ちては消えていく。楽しくなって止まらない。二人で何匹を消せるかと競い合った。

すると遠くから父親の声が聞こえてくる。

した。
二人は、あともう少しで全滅だったのに、と後ろ髪をひかれる思いで洞窟を後に
「もう帰るぞ！」

帰りの車で、洞窟にいた変な生き物の話と、それに石を投げて落として遊んだ話をすると、運転をしていた父親の顔色が変わった。

「おまえら、殺していないだろうな！」

思いがけない父親の怒りの形相に二人は困惑した。父親もなにもしゃべらない。

突然道を曲がったかと思うと、家のある方向とは別に車を走らせ始めた。どこに行くの？　とは聞ける雰囲気ではなかったという。

やがて到着したのはとある小さな神社だった。早く降りなさい、とうながされ二人は腕をつかまれ引きずられるように神殿に連れて行かれた。

出てきた神主さんに父親がぼそぼそと何かを伝えると、神主さんは少し間を置いて、

「覚悟はしてください」

と言った。

弟が泣き出したのを見て、D君も泣きそうになったがなんとかこらえて弟の手を握った。二人は神殿の奥に連れていかれると何やらお祓いの儀式を受けさせられ、ようやく解放されたときにはもう真っ暗になっていた。

その夜、二人は急に高熱を出し一晩中うなされた。母親が必死に看病をしてくれたのだという。しかし、翌朝には嘘のように熱も引いた。

「もう大丈夫か。じゃあ学校に行けよ」

父親が朝、部屋に様子を見に来てそう言った。D君と弟は、なんだかほっとしたような、学校が休めなくて残念なようなそんな思いをしながら着替えをしていると、母親の叫び声が聞こえてきた。

あわてて声のする玄関先に行くと――。

「あいつらがいっぱい、玄関先にいて……」

五、六センチほどの寸足らずな蛇のような生き物がうようよと這っている。目を見開いて固まっている母親の横で、父親が険しい顔でその生き物をホウキで片付けていた。父親はビニール袋に入れたそれらをどこかに持っていくと、D君と弟の頭をゲンコツで一発ずつ殴り、言った。

「おまえらがあんなことするからだ！」

それ以来その変な生き物を見かけたことはないと、D君は言う。後であれこれ調べてみても一致する生き物は存在しないようである。

一点、気になる記事を見つけた。その自然公園のある地域の、古くからの守り神を記したものである。写真ではなく絵だったので確証はもてないが、あの生き物にかなり似ていたという。

D君は後年、父親にあの日のことを初めて聞いてみた。

すると父親は遠い目をしながら言った。

「あの時は怖い思いをさせたかもしれないね。あれを見つけて悪さすることは、あのあたりのガキの通過儀礼みたいなもんなんだよ。俺もやったことがあったし。ただ、ふみ潰したり殺しちゃだめなんだよ。おれの友達は——次の日に死んじゃったからな」

おまえがら、あの洞窟に入らなくてよかったよ。

D君は「おまえら殺してないだろうな」と言った父親の形相を思い出し、昔のことながら改めてぞっとしたという。

中華料理店

ごく普通の中華料理屋での話だ。

安くてそこそこ美味しいけれど、だからといって取り立てて個性があるわけでもなく、近所の人や会社帰りのサラリーマンなどがふらりと立ち寄り、食べたら長居をせずに帰る。男性一人の客が多い、そんなありきたりの街の中華料理屋だったという。

中年の女性がフロアを切り盛りしているが、その人が店主で〝オバちゃん〟と呼ばれていた。厨房には年配の男性が一人、調理人として働いていた。夫婦ということではないようだった。

駅から自宅への帰り道の途中、一本裏に入ったところにその店はあった。

一人暮らしで当時フリーターだったHは、よくこの中華料理店で晩飯を食べていた。ビール一杯、気分によってギョーザと白ご飯にしてみたりチャーハンセットにしてみたり。人通りの多いエリアからは離れているうえ少々わかりにくい場所にあるので、絶対に混むということがないのも来やすい理由だ。

だいたい八時という決まった時間に顔を出すのと、どうみてもまっとうな勤め人ではない彼は、三回も通ったところでオバちゃんに顔を覚えられ、いつしか席に着いた途端、生ビールが出てくるほどの馴染みになった。

ある夜、飲み会を二軒目まで付き合って先抜けしてきたHは、駅から自宅に歩くうちに中華料理店でラーメンを食べて帰ろうと思い立った。

時間は十一時過ぎ。確か閉店時間が十二時だったはずだから、ギリだな。

明日は新しいバイトの面接だったこともあり、控えめに帰ってきたのだ。

飲むときは朝までガンガンに行くタイプだったから、飲んで電車のある時間にこの辺りを歩くのはめずらしい。

飲み会ではほとんど食べていなかったので腹は空いていた。ラーメンでも入れてさっさと帰って寝ようと思い、店に入った。

「あら、どうしたの？　こんな時間に」

女将が「生《ナマ》ね」と言って厨房に入ろうとしたのを「今日はいい！　ラーメンだけ！」

と声をかけて、いつも座っている壁際のテーブルに座った。

横のテーブルには酔っているのかビールを前に俯《うつむ》いている男性客が一人、自分の座った前方にあるテーブルには向かい合う形で女性が一人、定食を食べていた。

変わった女だな。日本人じゃない？

咄嗟《とっさ》にそう思ったのは、まるでイスラム圏の女性のように顔を布で覆っていたからだ。ライスをすくうと、顔にかかる布を左手でずらしては、その隙間から口に運び入れる。

「器用だなあ」

思わずつぶやいた。途端に女性が身を起こし、ベールの隙間からHをじっと伺うように見た。

「あ、すんません」

軽く会釈したが、女性は持っていた箸をテーブルに置いた。カバンの中から財布を取り出すと、金を食器の横に置いて席を立ち、そそくさと店の外に出て行ってしまった。

「なんだあれ？」

唖然と女性が出て行ったドアを見ながら、ちょうどラーメンを持ってきたオバちゃんに聞いた。

「俺、なんもしてないよねぇ？」

オバちゃんは、ラーメンを置いて、

「よくわからんけど――あの人のことは放っておいてあげて」

そう言うと、レジの椅子に座って売り上げの会計を始めた。

おばちゃんもよくわからないのか――。まあいろんな人がいるわな。

ラーメンを食べながらHは思った。


それから数日後のこと。新しいバイトも決まり、その日は早い時間から仲間と飲み出した。しかし途中、仲間が一人二人と抜けていき、思いがけず電車のある時間に地元に戻ってきてしまった。まだ飲み足りない気もする――。

「あ、中華料理屋でビールと餃子で〆て帰ろ！」

結構酔ってはいたが、気分はいい。絶好のアイデアのような気がして店に急いだ。

「オバちゃん、生《ナマ》と餃子二枚ね！」

店に入るとそう言いながらいつものテーブルに座ると、目の前の向こうのテーブルにあの女性がまた座っていた。前回と同様に、頭と顔を布で隠し、口元の布をずらしながら器用に箸を運んでいる。

「あーっ！」

調子よく酔っていたHは声を上げた。

「ねえねえ、ホントに器用に食べるよね、どうやってるの？」

女性は顔を上げると、ベールの隙間からHを冷ややかに見つめる。そうしてまたも箸を置き、金をテーブルにポンと置くと、スックと立ち上がった。

「ちょっと待てよ！　おい！　俺がなんかしたかよ。気分悪いなあ」

Hは背を向けた女性の元に行き、その顔にかかったベールをひょいと剥《は》いだ。

不意をつかれた女性の顔が露《あら》わになった。日本人だ。歳は三十代前半か。思いがけずきれいな顔だったが、嫌悪感に歪み、その目が射抜くようにHを睨《にら》んでいる。

「ちょっと、あんた、何しているの！」

オバちゃんが飛んできてHの腕を引っ張った。

その隙に女性は布を顔に巻き直すと、ドアを開けて外へと駆け出て行った。

「まったく！　なんてことしてくれたんだ！　ああどうしよう、あんたはもう帰って！」

蒼白になったオバちゃんはそう言うと、Hの腕を引っ張って店の外に追い出してしまった。

「ったく、なんだよいったい」

おばちゃんに怒られて追い出されて、ビールも餃子もありつけなかった。最悪の夜だな。Hは一人、文句を言いながら家に帰った。

翌日、酔いが醒めて「オバちゃんに悪いことをしたな」と思い直した。こんなことであの店に行けなくなるのも残念な気がしたので、いつもの八時に、謝りについでに晩飯を食べに行こうと出かけた。

店のある道に入ってネオンが点いていないことに気がついた。

「あれ？　定休日は日曜日のはずなのに」

降りたシャッターには〈臨時休業〉と雑にマジックで書いた紙がガムテープで貼られていた。

二日ほど経ち、新しいバイトからの帰りに再び店に寄ってみた。

やはりシャッターは閉まったまま、貼り紙もそのままだった。

気になって二、三日おきに店の様子を見に行くが、状況は変わらない。

十日ほど経ったある日、店の前を通ってみたら、建物は取り壊されて更地になって、何もなくなっていた。

Hはさすがにびっくりして、近所に古くからある和菓子屋の人に訊ねてみた。

和菓子屋の親父は、

「あの店ね、二週間ほど前からオバちゃんが行方不明になっちゃったんだよ。オバちゃんだけじゃなくて料理人のチョウさんもいなくなっちゃってさ」

なんとも神妙な顔をしながら教えてくれた。

「え？　おれちょうど二週間前ぐらいに行ったよ？　お店普通にやってたよ？」

Hが言うと、

「不思議だね、ちょうどそれぐらいだよ。荷物もなんにも残さずに消えちゃったたって、大家が言ってたんだよ。夜逃げにしたってねぇ、それなりに客はいたしねぇ」

店舗には、椅子やテーブルといったものから厨房の調理器具、皿やコップにいたるまで、文字通りなにも残されていなかったのだという。

先ほどまで生活しているそのままに人が消えた、という話はあるが、その空間に置かれたもの含めて人がいなくなるというのはどういうことなんだろう。

あの女の人の顔を見ちゃったから？

Hはなんだか自分のせいがして、その後少し落ち込んだという。

中華料理店のあとにはマンションが建ち、Hは何年後かに別の地に引っ越した。

トッピング

Wが体験した、とあるうどん屋での話。

平日の昼過ぎ、ショッピングモールにあるうどん屋である。さほど混んでもおらず、主婦同士が子供を連れていたり、高校生のカップルみたいなのがいるような、そんな時間帯のことだった。

Wは食べそびれた昼食の代わりに、軽く腹に入れておこうと訪れた。かけうどんにして、あとはネギや揚げ玉などが自由にトッピングできるコーナーがあるので、それらを入れて済ませるつもりだった。

うどんの椀を持ってそのコーナーに流れると、一人の女がネギと揚げ玉を入れた丼の前に、なにやら考え込んでいる。

近づくと微かな声が聞こえた。

「う〜ん、この組み合わせはどうかな？　Yさんに叱られるしなあ。でも自分を信じて——そうよ、信じるのよM子、ファイト！」

　そして、応援歌でも有名な『負けないで』を小さな声で歌いながら、左手に持っていたピンク色のエコバックに、ネギや揚げ玉をスプーンですくって大胆に入れはじめた。

　Wさんはじめ、うどんの椀を持った他の客もその周りで呆気に取られていると、足元に置いてあったコンビニの袋から一リットルのウーロン茶を取り出し、ふたを開けるとエコバックの中にドボドボと注ぎ入れた。

　そしてエコバッグの口をグッと絞って持つと、上下に振りながらシェイク——。

「Yさん、出来たわよ〜！」

　振り返って満面の笑みになると、大声で叫びはじめた。ちょうど後ろにいたWさんはぎょっと体をすくめた。

　そうはいっても、この女子の奇行を見るにおいて、「Yさん」は妄想の人物であるはず——そう思っていると遠くから、

「おう、今行くぞ〜」

Yさんらしき男性が大声で応え、モールの通路を全速力で走ってきた。アタッシュケースを片手に、一見するとまじめそうなサラリーマン風だ。しかし腰回りにひらひらしたものがぶら下がっている。

よくよく見ると、三毛猫や茶虎や黒猫の毛皮のようなものだった。

Yさんらしき男性は、女性からピンクのエコバックを受け取ると、いきなり器用に中身を飲み出した。

「出汁《だし》が足りないね、M子さん」

「そうかしら、Yさん」

女性は照れながら言う。

男性はおもむろにアタッシュケースを床に置くと開けた。中にはなにやら蠢《うごめ》くモノがいくつか入っている。

その一つを取り出してエコバッグに放り入れた。

「みやあ」という、か細い声が聞こえた。

そしてエコバックの口を絞るように持つと、いっそう勢いよく上下左右に振り回し始めた。しばらくして、少し口を緩めて再びゴクリ——。

「やっぱりうまいな～」

そのまま二人は仲睦まじく雑踏に消えていった。

Wはあまりの出来事に興味を持って、二人の後を気づかれないようにこっそりと追ったのだという。二人は駐車場に行き、地味な国産車に乗って去ってしまった。

駐車場のゴミ箱にピンクのエコバッグが無造作に捨てられていたそうなのだが、そのそばに白目を剥いた子猫の死体もあったという。

帰還

知り合いのAが大学一年生だった頃の話だ。

夏休みのある日、Aは仲間五人で海水浴に出かけた。

目指したのは電車で一時間ほどの小さな砂浜がある海だ。

その日は天気も良く、砂浜には他にも海水浴をするカップルや、小さな子供連れの家族がいた。

Aたちは特に何をするわけでもなく、それぞれが好きなように好きな場所で遊んでいたのだが、その中で仲間のMが海の中で行方不明になった。

Aは現場を見ていなかったが、一緒に海で遊んでいたHが、

「Mが浮いてこない！」

と大声を出した。Aたちは手分けして必死に捜したが埒が明かず、警察が呼ばれた。

その後捜索がされたものの、Mは見つからなかった。

取り乱すMの両親の前で、Aを含む四人はうなだれるほかなかった。


一か月が過ぎ、二か月が過ぎ、やはりMの行方は依然わからないままだった。

一年が経とうかという頃、Aたち四人は集まって話をした。

「Mが死んだかわからないし——あいつを忘れないためにもあの海で、Mがいなくなった日に集まってMの話をしようぜ」

Aの提案に、もちろんみんな賛同した。

そして、Mがいなくなった日に四人は浜辺に出向いて、Mについて語り合った。

「おまえ、生きているんだろ?」と、みんなでMの帰りを待っていると海に声をかけた。そして誰が言い出したか、花火をやろうということで、仲間が一人いなくなったという切なさを実感しながらみんなで花火をした。

二年後のその日、一人が「用事がある」と参加しなかった。

三年後、A以外は誰も都合がつかず、Aは一人で浜辺に向かった。

「今年で大学生最後だし、みんな忙しいからしょうがないのかな」

そう思いつつ、恒例になっていた花火は一人で派手にできないので、線香花火を持っていき一人で燃やした。そして、たぶんもう亡くなっているであろうMの成仏を祈った。

翌年、卒業しそれぞれが就職をした中で、ダメ元と思ったけれどみんなに声をかけてみた。

「今年はMがいなくなった日に近い日曜日にでも集まらないか？」

思いがけず他の三人から「参加する」と返事があった。

当日の夕方、現地の浜辺で待ち合わせることになった。

早めに浜辺に着いていたAは、本当にみんな来るのかなと不安だったのだけれど、杞憂だった。約束の時間になると、久しぶりに四人がそろったのだった。

「久しぶりだな」

「みんな仕事始めたら忙しくなっちゃったしな」

お互いに近況を軽く話していると、砂浜の向こうから一人の人影が手を振りながらやって来るのが見えた。

「よーお！」と声がする。Aが振り向くと、近づいてくる人影は、行方不明になっているMだった。

「なんだよ、おまえ、なんでここにいるんだよ」

びっくりしてAは駆け寄り、「どういうことなんだ」とまくし立てた。あまりの驚愕になにがなんだかわからない。しかし、Mは飄々としたままだし、周りの三人はさほど興奮しているようにも見えない。

「おまえら、Mが生きてたんだよ？　嬉しくないのかよ？」

Aがそれぞれを見まわしながら言うと、

「生きてたってなんだ？」

一人が言い出したとともに、三人は口々に「何を言ってるんだAは？」「生きてたってどういうことだよなあ」「わけわかんねえなあ」などと言っている。

「ちょっと待てよ。Mがこの海で行方不明になって四年経ったんだよ。警察の捜索でも見つからなかったじゃないか。その間みんなでMの家にも行って両親とも話をしたよなあ」

A以外の人間はみんな不思議そうな顔をしている。M自身も、

「おまえ、なんの話をしているんだ？」

とAを気の毒そうな目で見ている。

何とも気まずい空気の中、Aは他の四人に疎ましがられているような気持ちになってきて、車で先に一人で帰った。

その足でMの家に向かった。

Mの母親は、「ひさしぶりね、A君。Mも喜ぶと思うわ」と、仏間にAを通した。「諦めたわけじゃないんだけどね……」と仏壇に置かれたMの写真を見ながら、お茶を出してくれた。Aはあの浜辺で仲間とMと再会したことを告げると、母親はそのままバタバタと誰かと連絡をしながら出かけていった。

その日から――。

三人の仲間にどれだけ連絡を取ってもつながることがなくなった。Mの実家に電話を入れてもやはりつながらなくなった。

つながらないのであればとMの実家に出かけてみたが、いつの間にか引っ越しをしてしまっていて、空き家になっていた。

　Tは、いまだにあの時に出遭ったMが誰だったのか、またどうして仲間たちがあんなふうだったのか、まったくわからないという。

平和を我らに

友人Wが学生だった頃のこと。一人暮らしをはじめたワンルームの近所に、オノヨーコと呼ぶ女がいた。

真ん中分けの黒髪ロングヘア、マキシのスカートといった七〇年代のファッションで決めて、毎晩くわえ煙草で近所を徘徊しながら「平和を我らに」を流暢《りゅうちょう》な英語で大熱唱しているのだという。つまり、あのジョン・レノンの未亡人にして世界的なアーティストであるオノ・ヨーコ氏の御名を、恐れながらも使わせていただいていたのである。

こちらのオノヨーコはなかなかエキセントリックで、すれ違う時に、目が合うものなら怒鳴《どな》りつけられたりする。古くからの住民たちはわかっているのか、完全に知らんふりだ。それ以上の実害はないからだ。

最初の頃は、Wは彼女を見る度に面食らってつい凝視してしまい、怒鳴られたり、ひどいときには追いかけられることもあった。やがて慣れてきて、適当に無視できるようになったという。

ある夜、バイトで帰りが遅くなった夜、家の近所の細い道で、暗闇からヒョイッとオノヨーコが現れた。

「わ！」

思わず声が出た、そしてヤバいと思った。怒鳴られるか追いかけられるかと一瞬身構えたWだったが、オノヨーコは静かに佇《たたず》んでいる。

いつものエキセントリックな雰囲気はない。足早に横を通り過ぎようとした時、話しかけられた。

「おまえは平和についてどう思う？」

穏やかで慈愛でこもっている声だ。

しかし、黒髪に黒づくめのいつものスタイルに真っ白な顔だけが暗闇に浮いているように見え、Wは怖くなって思わず答えた。

「いや、その……平和を望みます」

オノヨーコはその言葉に強くうなずき、Wの前に一歩近づくと声を落とした。

「これから大変なことが起こるが、貴様が未来を切り開け。――託したぞ」

そう言うと、くるりと踵を返し、闇の中に消えていった。

その夜中、テレビを見ていたWはおののいていた。画面では、ビルに飛行機が突っ込んだ映像が繰り返し流れている。あの、史上最悪のテロ事件が起こっていた。

画像を見ながらふいにオノヨーコのことを思い出した。

「なに？　このこと？」

これから大変なことが起こる。オノヨーコはそう言っていた。しかし、まさかこれと関係があるはずがない。

繰り返されるニュースに見入っていると、近所が騒がしくなった。警察のサイレン音が鳴っている。救急車の音もする。

窓を開けて外を見ると、どうやらオノヨーコの家のあたりのようだ。

スエットのまま外に出て様子を見に行くと、警察に囲まれ狂ったように叫び続けているオノヨーコが家から出てきた。

近所の人も何事かとちらほら様子を見に出てきている。

オノヨーコは獣のような声で叫び続けていたが、抱えられて救急車に乗せられようとした。その瞬間、ふいにWを見つめると指を差して大声で叫んだ。

「あいつに、あいつに未来を託したのに、なんで起こったんだ!!!」

その後オノヨーコの姿を見ることはなくなり、Wも卒業とともにこの街を離れたので、もはや彼女がどうしているかわからない。

水底

知り合いのGから聞いた十数年前の話。

当時、小児喘息が流行《はや》っていて、Gの小学校に都会から一人の少年が引っ越して転入してきた。Gの住む地域は郊外で空気もきれいだったからだ。

喘息持ちの少年もずいぶんと症状がよくなり、体育の時間にも参加するようになっていた。

夏の水泳授業のときだった。どういった具合だったのか、元気だった少年が突然発作を起こし、学校のプールの水底で溺れてしまった。

直ぐに病院に搬送されたが、結局は亡くなってしまった。

ずいぶんと明るい少年で誰にでも好かれていたし、何より母親の悲しみが凄まじかった。お葬式では少年が可愛がっていた小鳥たちを母親が空に放って号泣するなど、母親の取り乱し方は酷《ひど》かった。

少年が亡くなったその年は、プールでの授業はなくなったのだが、秋以降、一日中プールの柵にしがみついて少年の名前を呼びながら泣き続ける母親の姿があり、学校側も対応に困っていたらしい。

やがて年が変わる頃、母親も自宅で自らの命を絶ち、残された父親はどこかへひっそりと引っ越してしまったという。

翌年の夏より、怪異は起こり始めた。

プール開きの日に、しめやかにお祓いが行われた。プールで生徒が亡くなり、その家族も亡くなったということで、学校側も気を使ったのである。しかし、あるクラスの水泳の授業中に、一人の女の子が先生に声をかけた。

「プールの底で男の子がうずくまっている！」

あわてた先生が飛び込んでくまなくプールを確認するが、もちろんそんな男の子の姿はない。その時は「何か見間違いか」と笑ってすんだが、そんなことが何度となく続く。

また夜には、プールから女性の悲痛な泣き声が聞こえてくるとか、不審な女性が立っているといった、近所の人からの連絡が入るようになった。

翌年も翌々年もプール開きの度にお祓いをしていたが、同様の目撃情報が後を絶たない。

気味の悪い噂が広がり、結局はプールの場所を移転する工事が行われた。

それ以来は二人の姿は見られなくなったそうだ。

Gが小学校に入る前の話で、母親が教えてくれたのだという。

ギミックスポット

私が仕事で地方に行った時に、地元の飲み屋で聞いた話だ。

どこの土地でも心霊スポットというものは必ずと言っていいほどあるもので、私もそんな話は大好きなものだから、地元の人と話す機会があると訊いてみたりする。

ここT県にも、以前より心霊スポットと言われている空き家がある。

地方だけあって広い敷地に、かなり贅沢に造ったのであろう城のような屋敷が建っている。これが空き家となって長い間、不動産屋に管理されているという。

地元の若者もだが、他県から車でやってきてはその敷地に入り込む輩が後をたたないという。

そして、その城のような空き家の奥、敷地に食い込むようにして、まったく普通の二階建ての家が一軒建っている。

実は、本当の心霊スポットはその裏に建つ空き家なのだという。地元でもあまり知られていないことらしい。

心霊スポットに行こうと他県からやって来た男性二人が、この城のような空き家の敷地に入り込んだ。時刻は真夜中。

屋敷の周りをウロウロとしているうちに、敷地の奥に建てられている二階建ての一軒家に気がついた。

「あれ？　こんなところに家が。ここも空き家みたいだよ」

カーテンがかかっていない、窓から部屋の中を覗き込むと、暗い部屋の中は確かにがらんどうで人は住んでいない。

「屋敷も何もないし、ここも普通の空き家だし。たいしたことないしそろそろ帰るか」

二人が車を止めた場所に戻ろうとしたら、ふと、少女の歌声が聞こえた。それとともに、「こんな時間に歌うんじゃありません！」という母親らしき女性の声もした。

確かに、こんな時間に歌っちゃいけないよなあ、と思いながら、その声がどこから聞こえてきたのか考えた。少女の歌声はいまもまだ続いている。

「もしかしたら、屋敷の方から聞こえてきたんじゃね？」

空き家から聞こえてくる少女の歌声、これぞ心霊体験か！　と二人がにわかにワクワクしながら、屋敷に近づいていくと、一人がふと気がついた。

「この歌さ、ずっとおんなじところをリフレインしているよな？」

そして続くのは、母親の「こんな時間に歌うんじゃありません！」と、とがめる声。

そのやり取りが一定の時間で繰り返されている。

「テープか？　まさかねぇ」

そう言いながら来た道を戻るべく、屋敷に近づこうとすると、ふいに声がした。

「なにをしてるんですか？」

ビクッと立ち止まった二人の前に、サラリーマンのような男性がどこからともなく現れた。どう見ても生きている人間だ。

「あ！　すみません、すぐ帰りますので」

しまった、人がいた！　不法侵入になってしまう。慌てて二人でそのまま駆けて行こうとすると、後ろでバタンとひときわ大きな音がした。

思わず振り返った。

二階建ての空き家の二階の窓が開いていた。そして暗闇の中の夜目になぜ飛び込んできたのか、血塗れの少女と母親が窓際に立っていて、笑いながら言った。

「用がないなら、帰れ！」

腰を抜かさんばかりに驚いて、早く車に、と前を向いたら先ほどの男性は影も形もいなくなっていた。

這うように車に戻ってきて乗り込んだところで、あたりを見回っているという警備員が声をかけてきた。

「あんたたち、何してるの。ここに肝試しにきちゃだめだよ」

すみませんすみません、と謝りつつ、今見た出来事を口角泡を飛ばして話をした。

ふんふんとうなずいていた警備員は、あんまり大きい声では言えないけど、と前置きして、

「あんたたちみたいなバカが来て、奥の空き家でパニックになって動けなくなる子がたまにいるのよ。なにか事故になっても困るから、こっちの大きい家の方で満足してもらおうと、こっちが心霊スポットだって噂を流してるのよ。奥まで行かないように

してるの。わざとそうしてるのに、奥まで行っちゃうんだからほんとに――」

警備員はそう言うと、さっさと帰んなさい、と促した。

その家では過去に一家心中事件があったとかで、その後、幽霊が出ると近所の人が騒ぎ出したのだという。

何故その一軒家が取り壊されもせず残っているのか、何故屋敷を「心霊スポット」と言ってまで一軒家の存在を隠そうとするのか。

話を聞いて私も「行ってみようかな」と言ったけれど、場所を教えてもらえなかった。

勘違い

友人から聞いた高校生の頃の話である。

それはある夏休みの夕方だった。

先輩であるCさんたち数人が浜で遊んでいた。未成年ではあるが、酒を飲んで騒いでいたのだ。そしてこういった時に地元の若者が必ずやるのが、酔っぱらって海に入り、少し離れた岩礁まで泳いで行く、という行動だった。

やがて陽も暮れてきた。見れば上空には何台ものヘリコプターが飛び、岩礁をライトアップしている。

「これはみんなで到達せねば！」いっせいに海に走って我先にと明るく照らされている岩礁を目指した。

しかし実際には岩礁までは結構な距離がある。酔ってはなかなかたどり着くことができずで、結局は途中で引き返してきた。

浜に上がろうとした時、自分たちの体中に花びらや紙切れがまとわりついているのに気がついた。

「なんだろうこれ、気持ち悪いなあ」

浜まで歩きながら、体についた紙片や花を振り落していく。

暗いし酔っていたしで気がつかなかったが、そこら中にそういったものが浮いている。

浜に上がると、若い女性が一人いるのに気がついた。その女性は浜に打ち上げられてくるそれらを一枚ずつ丁寧に拾っている。

「なんでそんなの拾ってるんですか?」

ふと何気なくCさんが訪ねた。

女性は顔を上げず、ひたすら砂浜に手を延ばしながらつぶやいた。

「思い出だから――」

変な女だな、と先輩たちは思い、その女性を置いてその場で解散したのだという。

翌朝、テレビのニュースを見てびっくりした。昨晩、S湾で放送関係者のヘリコプター事故が起こっていた。浜から少し離れた岩礁に墜落したのだ。

事故当時の模様が録画で流されていたが、「ライトアップされている」と思ったのは、何台ものヘリが事故機の回収のために強烈なライトで海面を照らしていたのだった。

そして死亡した女性の顔を見てさらにびっくりした。

昨晩、浜辺で見かけた女だったからだ。

事故で亡くなった彼女は、そのフライトが最後の仕事だった。彼女が一生懸命拾っていた花は、その日を最後に退職する女性への、スタッフからのプレゼントだったそうだ。

追う本

古本屋巡りが趣味のYさんの話。

仕事で地方に出張に行った際に、少し時間が空いたということで、地元の商店街をブラブラとしていた。

こういう商店街にも地元の昔ながらの古本屋はある。そういう店があったらすかさず入る。都会では手に入らないような掘り出し物に出くわす可能性があるからだ。

割と活気のある商店街で、その中ほどで矢印と「古本」と書かれた看板を見つけた。少し路地に入ったところに小さな古本屋があった。

なかなか趣《おもむき》のある店構えで、これは期待できるかもとYさんはほくそ笑んだ。

店内に入りじっくりと棚を流していく。

ふと目が留まった先に珍しい包装の本を見つけた。紫がかった革表紙に金の飾り文字の本だった。手に取ってパラパラとめくってみると、どこの国の言語かわからない文字と線で記された人の絵が、縦書きで全面に踊っている。恐らく市販されているものではない。奥付のページもないが、古い物には間違いなさそうだ。店主にどういった素性のものか尋ねてみたが、わからないと首をひねる。

なかなか面白いんじゃないかと思い、興味本位で買うことにした。

後日、知り合いで言語学を研究しているSさんに調べてもらえないかと連絡をしてみた。Sさんが快諾してくれたので、その謎の本を彼の元に送った。

やがてYさんのもとにSさんから連絡があった。

「いろいろ調べたけど、どこの国の言語でもなさそうだよ。他の教授にも聞いてみたんだけど、こんな言語は地球上に存在しないって言うんだ。つまりどこかの好事家《こうずか》が何の目的かわからないが冗談で作った物なのかもしれない。ようは、研究するには値しなさそうだ。一応送り返すね」

Yさんは、手もとに戻った本を見ながら、ただの落書きに金を出して手に入れたのかとがっかりした。今まで古本を購入してハズレを引いたことはあったが、意味がなかったことは初めてだ。インテリアぐらいには使えるかもしれないが、Yさんにそんな趣味はない。Yさんは躊躇《ちゅうちょ》することなく、その本を捨てた。

数か月後、Yさんは出張で東北方面に出向いていた。仕事が終わったのが金曜日の午後、土曜日曜は休みなので、このまま温泉に足を伸ばして一泊して帰ろうと思いたった。

新幹線を途中で降り、そこからは本数が少ない列車を乗り継いで目的の鄙《ひな》びた温泉街に向かう。途中乗継がうまくいかず、駅の待合で時間をつぶすことになった。旅行好きでもあったYさんにとっては、これこそ旅の醍醐味だ。

駅の外に出ても、やっているかどうかもわからない喫茶店が一軒と、デイリーストアみたいな日用品の店が一軒あるのみ。まあいいやとばかりに、待合のベンチに戻り腰を下ろした。カバンの中の読みかけの本を取り出そうとしたとき、もう一つあるベンチに投げ出された一冊の本が目についた。

「ん?」

紫の革表紙に金の飾り文字がされている、こんな駅には似つかわしくないアンティークな本である。

周りを見回しても駅には自分一人。誰かが忘れたと思えないが、本を手に取った。

ページをめくると、知らない言語と線で記された人の絵——自分が捨てたあの本か？

「どうしてこんなところに？」

不思議に思ったがすでに愛着は少しもないし、興味もなかったのでそのままベンチに置いて、自分は読みかけの本に集中した。

ようやく夕方に、目的地である温泉旅館に到着した。

湯治《とうじ》客が長逗留する旅館は、なんの華やかさも食事の豪華さもないが、泉質と居心地だけは満点だった。にぎやかな客も一人もいない。

食事を済ませ、寝る前にもうひと風呂浴びようと思い風呂場に向かった。脱衣場で服を脱いでいると、外国人の男性が一人、入ってきた。軽く会釈をすると向こうも「こんばんわ」と、実に流暢《りゅうちょう》な日本語で返してきた。

Yさんがタオルを持ち、いざ風呂場に入ろうとしたその時のこと。その外国人がぐっと近づき、耳元でささやいた。

「あの本に深入りしなくてよかったね。たまたま手にしちゃったのはわかるけど、関わらない方がいいと思う。意味はわからなくていいんだよ」

Yさんがぎょっとして振り返ったときには、すでに外国人男性は脱衣場の扉の外に去っていた。

Yさんが、あわててバスタオルを見にまとい脱衣場を出てみたが、男性の姿はない。風呂に入った後もなんともしっくりこないYさんは、玄関先の帳場に向かった。

宿の主人が事務仕事をしているようだった。

「すみません、今晩こちらに外国人の男性ってお泊りですか？」

主人はロクに顔も上げず、「いや、泊まってないよ」と言う。

「風呂場で会ってお話をしたんですけど……」

「いや、いないよ。こんな田舎の温泉だから、外人さん来てたらすぐにわかるよ。目立っちゃうし。この時間は鍵も締めちゃうから、外から入ってくることもないよ」

「じゃあ、外人っぽい人は？　金髪で大柄な……」

主人が手を止めて顔を上げた。Yさんの顔を見ながら言った。

「そんな人も、今夜はいないよ」

はあ、すみません。Yさんはあきらめて部屋に戻ろうとして、ピンクの公衆電話に目が行った。正確には電話の横に置かれた本に、だ。

「あの、この本は……」

電話のところに行き、置かれていた本を手に取った。紫色の革表紙に金の飾り文字。開くと、あの知らない言語と線で記された人の絵——なんで？

「ここにずっとあった本ですか？」

心なしか声が震えてしまう。主人はちらりと目をやったが、

「わかんないね。誰かの忘れものかもしれないから、あんたのじゃなかったらこちらで預かりますよ」

そうしてください、と本を主人に手渡し、部屋へと戻った。


眠ろうと思ってもあの本のことと外国人の男性の言葉が頭の中をグルグルと回り、結局、寝不足のまま翌朝をむかえた。

早めに宿を出て都内の自宅に帰ると、自室の机上に届け物があった。母親に確認すると、昨日届いていたと言う。差出人の欄には、筆圧の強いボールペンでグチャグチャと塗りつぶすように何かが書いてあるのだが、解読することはできなかった。

袋を開けて中身を取り出した途端、体が強張った。あの本が出てきた。

紫の革表紙と金の飾り文字、知らない言語と線で記された人の絵が書いてある――あの本だった。

Yさんは翌朝、入っていた袋ごとゴミ収集車の職員に手渡して、収集車の中に放り込まれるのを確認した。

「何冊もあったとしても、そんなに頻繁に目にするほどあるとは思えないでしょ？　趣味で作られたような自費出版本のようだし――」

それでも、なぜか忘れた頃に手近なところで見ることがあるのだという。

これといった実害があるわけではない。ただ本に追われているようだという。

未遂

女性に対してかなり奔放《ほんぽう》な、友人のFという男がいる。マメだし優しいしそれなりに様子もいいヤツなので、そこそこモテる。問題なのは、タイプの女の子がいるとそのすべてに手を出してしまうことだ。

Fには付き合って長い彼女がいる。彼女の方はそろそろ結婚ということも頭にあったようだけれど、Fはそれをうまくかわしていたという。

「それでも、アイツとは相性がいいからさ。別れるって気はないんだよね」

つまり、都合のいい女にしておきたいのだという。

「絶対バレないよう、そこは細心の注意を払っているからさ」

相変わらず自宅には浮気相手の女性をとっかえひっかえ連れ込んでいたのだけれど、女が来ている証拠を残さないよう、家はいつもきれいに掃除をしていたし、ベッドのシーツも替えは山のようにストックしてある。

そして、彼女に対してはマメに連絡を取ったりデートをしたりと、彼なりによく尽くしていた。その甲斐もあって、彼女の方はそんなFの病気のような浮気に、まったく気がついていなかったという。


とある飲み屋で知り合って意気投合した女性を、Fはその夜、自宅に連れ込んだ。

飲み屋で話している時から、面白いことを言う女だった。

「私、お酒を飲んじゃうと乱れちゃうから、だから飲まないの」

でもみんなと騒いでいるのは大好きだから飲み屋とか行っちゃう、と笑う。酒がなくてもノリがよく、なにより顔がFのタイプだった。

「乱れるなんてむっちゃいいじゃん！　俺がいくらでも介抱してやるから今晩は飲んじゃえよ」

そう言って勧めても、がんとしてアルコールを口にしない。夜も遅くなってきて終電も間近である。

「じゃあ、うちに来て二人で飲もうよ。そうしたら乱れても俺しかいないじゃん」

どう乱れるのか、Ｆの頭の中で妄想は膨《ふく》らむばかりである。

「そうだね――Ｆさんのところで飲むのだったらいいかも！」

女性もまんざらではなさそうである。あっさりとＯＫしてきた。

じゃあさっそく行こうと、二人はタクシーに乗ってＦの自宅まで戻ってきた。

気分を盛り上げなおすために、シャンパンを開ける。グラスについで二人で鳴らすと、女性はグイッと中身を空けた。

「結構飲めるんじゃん」

「そうだよ。お酒飲むの嫌いじゃないもん。でも外で飲んじゃうと――」

乱れるんだよね、わかるわかる。じゃあ、これから二人で大いに乱れて――と彼女を押し倒そうとＦがにじり寄ると――。

「やだ。台所に女の人がいる。こっちをものすごい顔して睨《にら》んでいるよ」

流しの方を凝視しながら女性が言った。

「何言ってんだよ。ここには君と俺しかいないんだよ」

Ｆは事を進めようと彼女の横に座り肩を抱く。

「だめ！　黄色のセーターを着たセミロングの女の人が睨んでる。なんだ。Ｆさんっていい人そうだし大丈夫だと思ったのに――」

彼女は立ち上がり帰り支度を始めた。

「おいおい、ここまで来ておいて今から帰るってなんだよ」

Ｆが憤然とすると、

「私ね、アルコール入ると生霊が視えるようになっちゃうの。お酒飲まないとブロックされていてそんなことないんだけど――」

Ｆを見ながら、気の毒そうな顔をしながら言った。

「あなた、ものすごく恨まれているよ。黄色いセーターの女の人、気をつけてね」

そんなことがあって間もなく、付き合っている彼女から突然別れを切り出された。

「全部知ってるよ、あんたがやってること」

「なんのことだよ」

「なんでもいいよ――とにかく別れたい。もう連絡をしてこないで」

一方的に告げられ、彼女は去っていった。その後、彼女の部屋に置いてあったＦの服などの私物が送られてきた。

その中に、Fが彼女にプレゼントして、彼女も気に入っていた黄色のセーターがズタズタに切り裂かれた状態で入れられていた。

「これか！」

生霊が視えると言っていた女のことを思い出し、Fは思わず叫んだそうだ。

あの女は、「気をつけてね」とも言っていた。

しかし、結局なんの厄災もFの身の上には起こらなかった。

以前と変わらぬ、女性と付き合いまくる生活を今も続けているというから、懲りないヤツである。

打ちっぱなし

Fさんが住んでいる、郊外の分譲マンションであった話。

近所にはゴルフの打ちっぱなしの施設があり、ゴルフ好きのFさんもそこによく通っているという。

同じゴルフ仲間で、マンションの住人でもあるタカダさんとミネオカさんという主婦がいた。

この二人は越してきた時期が同じだったということと、歳の近い息子がいるということ、二人ともゴルフが好きだったということで、よく二人で打ちっぱなしに出かけていたそうだ。

ある日タカダさんがFさんの家にやって来た。興奮しているようで鼻息が荒い。

「さっき凄かったのよ！　打ちっぱなしにミネオカさんと行って、帰りに打ちっぱなしを出たところで立ち話をしていたら――」

打ちっぱなしの上空に巨大な光を放つものが降りてきたのだという。ネットの支柱にかかるぐらいまで降りてきて、ものすごい光を放ったので、呆気にとられたというのである。

この当時、矢追純一氏が出てきたばかりで、未確認飛行物体についての認識が主婦たちなどの間ではそれほどなかった頃のことである。

「あの光、なんだったんだろう」

「爆弾とか火事とかじゃなくてよかったじゃない」

「それもそうね――」

タカダさんはひとしきり話終わると気が済んだようで、家に帰って行った。

翌日、買い物に出たFさんがご近所の人に道で会った時、

「ねえねえ、Fさんご存知だった？」

「なんのこと？」

「タカダさんとミネオカさんのお二人が――」

大喧嘩していると言うのである。タカダさんは五階、ミネオカさんは六階に住んでいるのだが、どちらの家も「宣言書」なるものを自宅のドアに貼り出しているらしい。

Fさんは首をひねった。だって昨日、二人で打ちっぱなしに行っていたと私に言っていたのに、なんでこんなに急に――。

マンションに戻り、タカダさんの家に行ってみた。ドアの横のブザーのところに、

「今後ミネオカの家とお付き合いすることはまったくないです。ここに宣言します」

確かに「宣言書」が貼り出されている。鳴らしてみたが留守にしているようだった。

ミネオカさんの家にも行ってみた。

「タカダの家とつきあっても良いことなど一つもなかった。今はその日々を後悔しているばかりです」

こちらも同じようにドアの横に貼り出されている。

「なんだこれ?」とは思ったものの、なにか深刻な喧嘩であればなおさら首を突っ込むモノではないと、Fさんは傍観することにした。

それからもタカダさんとミネオカさんの不仲はエスカレートするばかりで、学校で

息子たちが取っ組み合いの喧嘩をして、どちらかの息子がかなりの怪我を負ったか負わされたかしたのを機に、まずはタカダさん一家が引っ越していった。

その一週間も経たないうちにミネオカさん一家もひっそりと引っ越していったのだった。タカダさんが「大きな光が降りてきて――」とFさんに話してから三か月も経たない間の出来事だった。


その後、ＵＦＯの特集番組などが放映されるようになり、空前のＵＦＯブームが到来した。

「ＵＦＯって光っているんでしょ？　そういうのって人格に影響したりするのかしら？」

番組を見る度にFさんはタカダさんの話を思い出すという。

駐車場の少女

私の友だちTの話。

Tが当時、付き合っていた彼女は地方都市の実家に住んでいた。それなので、いつも土曜日に朝からデートをしたら、夜中に彼女の実家まで車で送っていっていた。どれだけ一緒にいたくても、彼女は家族と暮らしていたのでTの家には泊まれないし、もちろんTが彼女の家に泊まれるわけもない。

彼女を家に送った後はなんとなく寂しくなって、彼女の家の近所の居酒屋でついつい酒を飲んでしまう。そして飲んでしまったからには運転はできないので、居酒屋の駐車場で仮眠するのだ。

当時の地方の居酒屋では広い駐車場を持つ店があり、土曜日の夜は割とにぎわっていた。それでも夜中も過ぎると店も閉店し、停車している車はTだけになる。

店主には断りを入れていたので、駐車場の隅で、車の中で仮眠をしてから、夜明けとともに自宅に戻ることにしていた。

夜中二時過ぎ、尿意を覚えて目が覚めた。そういう時はいつも、隣の空き地に向かってこっそりと用を足させてもらっているのだが、その夜も寝ボケ眼で車の外に出た。

いつものように隣の空き地の境まで歩き、そちらに向かって大きく弧を描く。

「あー、すっきりした。もう一眠りだな」

車に戻ってくると、古く擦り切れたような浴衣を着た少女が運転席のドアに持たれて立っていた。

酔っているのもあって、怖いとか気持ち悪いとか思わなかった。

「なにしてるの？　遅いんだから家に帰らなきゃ」

そう声をかけると少女はTに向いて言った。

「わたしね、注意しにきたんだよ」

「へ？　何を言ってるの？」

なんだか変なこと言ってるなとTは笑いそうになった。少女は彼を見ながら続ける。

「だってね、こんなところでおしっこしたら、おとうさんとおかあさんにおこられるでしょ?」

Tは面白くなってしまった。夜中に少女に立小便を怒られているというシチュエーションにだ。でも確かに、大人として行儀が悪いし、そこは認めよう。

「そうだね。いけなかったね。もうしないよ。君も早く帰った方がいいよ」

「ここは絶対そういうことをしちゃいけない場所だから、だめなんだよ!」

「わかったわかった」

Tがそう言ったのを聞くと、少女は軽やかに踵をかえして闇の中に消えて行った。

「なんだろうなあ、まあいいや」

酔いはまだ残っている。早く寝ちまおう、そう思い再び車の中に潜り込んだ。

一度起きて人と話をした後なので、すぐに爆睡とはいかなかった。うつらうつらとしていると、さほど時間をおかず再び尿意が襲ってきた。

「いかんなあ、近くなっちゃって」

再び、先ほど用を足したあたりに行って終えると車に戻った。

目をつぶるとウインドゥが、コンコンコンと叩かれる。見るとあの少女が覗き込んでいた。

ウィンドゥを降ろすと、

「だめだって言ったのに。ぜったいだめなのよ」

近くで見ると、さっきは気がつかなかったが顔の皮膚がツギハギのように波打っているように見える。

「うるさいな、早く家に帰れよ。もうしないから寝るだけだから」

ちょっとうざくなってきたTはそういうとウィンドウを上げ、窓に背を向けて眠りに落ちた。


翌朝。思ったよりしっかりと寝てしまったTが起きたのは七時も回っていた。

「やっべ。さっさと家に帰ろう」

車から降りて伸びをすると、用を足しにまたあの場所と向かった。

居酒屋の駐車場の横、ただの空き地だと思っていた場所を見てTはゾワッとした。

打ち捨てられた朽ちた墓石が積まれた、小さな墓地だった。

朝日の中でよくよく見みれば、それは無縁仏の小さな塚とも言えた。

「もしかしたら、俺が小便を引っかけたのが、あの少女の墓石だったのかもしれない」

そうTは頭を掻いた。

墓に小便をかけられてその少女が出てきたのかはわからないが、後日その居酒屋で聞いたところ、その少女はそのあたりでよく目撃されるということで、店の店主は「座敷童」と呼んでいると言った。

なんにせよ、Tは注意をされただけですんで、よかったのかもしれない。

仏壇ロック

大学生の頃、友だちがスキー旅行に行った時に起こった出来事だという。

どうせ行くならより安く行こうと、六人の男ばかりで極貧スキー計画を立てた。移動費はもちろん、宿も一番安い民宿を探す。そしていざ当日夕方、たどり着いたのは、豪雪に耐えることができるのか不安になるような、木造の古い民宿だった。

泊まれればよし、というつもりだったから、そんな民宿でもかまわなかった。しかし予約の手違いがあり、六人が通された部屋は裏口玄関からすぐの、どう考えても普段、民宿の家族が生活している居間だったことにはとまどった。

「仏壇もあるのかよ」

いまさっきまで家族がくつろいでいたような、そんな生活臭が漲《みなぎ》る部屋で、みな少し暗い気持ちになった。やがて夕食を摂り風呂に入ったりした後、部屋で酒を飲みみながら、それぞれ荷を解いて予定や天気の具合などを確認していると、K一人が妙にハイになっていた。

「なんか辛気臭《しんきくさ》い部屋だな」

そう言い放つと、持ってきていたカセットデッキにあらかじめセットしてあったロックのテープをかけた。八十年代のロックが流れ出し、ツイストをしながら、音に合わせて、仏壇にあった御鈴《おりん》をチンチン、チンチンと叩きはじめた。

「仏壇ロックだぜぇい！」

一人ノリノリである。みんな笑うに笑えず、かといって止めもせず、困惑と苦笑の表情を浮かべるだけだった。

やがて体力的に疲れたのか仏壇ロックを休止したKが、廊下に面した襖《ふすま》を開けて一人で部屋を出た。そしてその場で立ち止まって突きあたりを見つめている。

「どうした？」

部屋から顔だけ出してTが聞いた。Kが見ている先は突きあたり。そこはトイレで廊下は突きあたりを右に続いている。

「廊下を、突き当たりにむかって若い女が歩いて行ったからナンパしようと思ったら

——消えちゃった」

Kは言う。

「右に曲がったんだろうよ。おまえバカか?」

笑うTに、

「ちがうちがう、左に曲がったんだよ」

左は角から一メートルほど奥行があるものの、その先は物入れになっている。それはトイレに行った時に確認済みだ。

「お前が御鈴をチンチンやったから幽霊が出たんじゃない?」

Tが面白がってそう返すと、

「はっきり見えたし、けっこうかわいかったから幽霊じゃない。もう少しこの辺で待ってみるわ」と言ってKは廊下に座り込んだ。

「俺ら明日早いんだから、そこそこにしろよ」

K以外は早々に布団を敷いて、さっさと就寝した。

翌朝、Kがげっそりしていた。

「ずっと待ってたんだけど、なかなか出てこなくてよ。俺、幽霊でもなんでもいいからチュウくらいしたかったんだよね」

童貞の発想である。

「おまえバカじゃないの」とみんなで笑いながら、準備をして少し離れたスキー場に向かった。

絶好の晴天に雪の質も最高だった。さて、とスキー靴を履く段になって——。

Kはなにがどうしたのか転倒し、それによって靭帯《じんたい》を伸ばしてしまった。よりによってまだ靴を履いてもいないのにである。結局そのまま一人、宿に戻って待機をすることになった。愚《おろ》かである。

他のメンバーみんながスキーを満喫していた頃、Kは宿の仏壇のある部屋で暇を持て余していた。客が出払った民宿で、そこそこの音量でロックをかけていても文句は言われない。でも、足が痛くて御鈴も叩けない。

仰向けになって「退屈だなあ」とひとりごちていると、痛み止めが効いたのかなんとなく瞼《まぶた》が重くなってきた。その時、Kの横の襖がスーッと開いた。「あれ?」と思った瞬間に体が強張り身動きができなくなった。金縛りだ。

「なんだこれ」声にならない叫びを上げながら、襖を開いて入ってきた人物に必死で目を向けると、昨夜、廊下で消えた女性だった。

年の頃は二十代前半、セーターにミニスカート、ロングヘアが印象的だった。

「うおー。やっぱりきれいな人だ！　幽霊じゃないよ。宿の人なのかな。俺を看病してくれるのか？」

一気に妄想が渦巻き動かない表情ながらニヤついていると、部屋に入ってきた女はいきなりKにまたがってきた。予想外の行動にKは興奮して「ラッキー」と思ったのもつかの間、女はKの首を絞めてきた。

「なにすんだよ、おい！」

もちろん声など出ない。

女はそのあと立ち上がり、Kの痛めた方の足をめちゃくちゃに踏みつける。

「うぉおおお」

Kの足に激痛が走る。しかし動きがまったく取れず、されるがままだ。拷問のような時間が過ぎ、やがて気を失った。

夕方、他のメンバーが宿に帰ってきた。部屋の中でひっくり返っているKを発見すると「大丈夫か？」と声をかけた。その言葉に目を覚ましたKはハネるように上体を起こしたが、「痛たたたたたた」と足をかばった。そして、先ほど受けた女の仕打ちを一部始終を話し出した。

全員が「御鈴チンチンの罰が当たったんだな」と声を揃える。しかしKは尋常でない足の痛みを訴え続け、友人たちは翌日以降の予定を切り上げ、みんなで総合病院へKを運んでやった。

診断の結果は靱帯《じんたい》断裂であった。

「スキー靴を履こうとした時に転んだ」

そう説明したが、医者は難しい顔をして言う。

「転んだだけならここまでならないよ。ひどいぶつけ方をしたとか、故意に何かしたとか、原因はあったでしょ」

Kにとって思い当たるのは女の攻撃だけである。しかし医者が信じるはずがないので言葉を飲み込んだ。

そして帰り道、同情して病院までつき合ってくれた仲間に、笑いながら言った。

「足攻撃さえなければなあ。結構タイプだったから幽霊でもなんでもいいからチュウしたかったよ」

もちろん、宿にそんな女性がいなかったのは言うまでもない。

おもてなし

廃墟めぐりが好きなZ君の話。

四人で車に乗って、S地方にある廃墟へと出かけた。時刻は午後三、四時だったという。当時、そこは心霊スポットとは言われず、一部の廃墟マニアの中で有名な場所だったという。

かなり大きな洋館テイストの建物で、ヤンキーたちにも荒らされておらず、静謐な雰囲気が感じられる不思議な廃墟だった。

開いていた窓から忍びこんだ部屋は、書斎であったような洋間だった。廊下に出てさらに小さな部屋や水回りなどを順番に見ていく。

ふと、紅茶の香りがすることに気づいた。

「誰か飴でも舐めてる?」

四人ともそんなことはなかった。なんだろうと、その香りを辿って行くと、リビングに出た。

陽がずいぶん翳《かげ》って来ていて屋敷の中も薄暗い。

広いリビングの真ん中に遺された大きなテーブルがあった。Z君は用意していた懐中電灯を取り出すとテーブルを照らす。

卓上には四客のティーカップセットが置かれ、紅茶がなみなみと注がれていた。淹れたてのように、湯気が立っている。

「これはいったい?」

そうつぶやいたZ君の携帯が急に鳴った。見れば非通知になっている。

恐《おそ》る恐る耳にあてると――。

「みなさん、紅茶を飲んだらお帰りなさい」

妙齢の女性の声がそう言うと切れた。

もちろん四人は、紅茶も飲まずに廃墟を飛び出した。

黒い笑顔

ある地方大学に進学したRの話。

それを機に一人暮らしを始めたが、ずいぶんと田舎《いなか》でのんびりと過ごしやすい場所で、Rはこの土地が気に入っていた。

ある日、知らない中年女性に「こんにちは」と微笑《ほほえ》みかけられた。

ぼんやりと歩いていたので予期しておらず、慌てて女性に顔を向けて挨拶を返した。

「こんにちは」

言った途端に、違和感を感じた。

その女性の瞳が白目がなく、真っ黒なのである。

「へっ？　宇宙人？　都市伝説⁉」

思わず二度見したが、女性の微笑みは変わらない。ゆっくりとその場を去って行った。

それからしばらくして、また道ですれ違いざまにその中年女性に声をかけられた。

「こんにちは」

前回同様、穏やかに挨拶をしてくれる。やはり白目がない真っ黒の瞳には違和感はあるが、嫌な感じではない。

さらに日が経ち、今度は後ろから「こんにちは」と声がした。

あ、あのおばさんだとわかり、振り向きながら「こんにちは」と挨拶を返した。

するとその女性は続けて、初めてRに話しかけた。

「あなたも入らない？」

「え？　なんのことですか？」

女性は静かに微笑んでいる。その少し後ろに、彼女の家族らしい四、五人が佇んでいた。中年女性とともに、皆がいっせいに微笑みかけてきたが、誰もが白目がない真っ黒の瞳であった。

Rくんは急に怖くなって、「いえ、すみません」と言い捨てると足早にその場を逃げ出した。

その日以来、くだんの中年女性と出くわすことはなくなったが、大学卒業までずっとポストに「幸せのお手本」という、手作り感満載の冊子が放り込まれていたという。

足跡

北の地で育ったKさんの話である。

しんしんと雪が降り積もった早朝、Kさんは小学校に向かった。その日は日曜だったが、先生も参加の上、校庭でクラスメイトたちと雪合戦をする予定だった。

昨夜の雪はやんで一面まっさらな雪景色である。わざわざ少し早めに家を出たのは、校庭に一番最初に足跡を付けて友だちに自慢するためであった。

「やっぱりぼくが一番乗りだ！」

正門を入り校舎の玄関を抜けて校庭に出ると、平らに白くフカフカの絨毯が敷かれているかのようだ。喜び勇んで足跡をつける。嬉しかった。

キレイに足跡が残るように気をつけながら、円を描いたり波線に動いたりしながら校庭中ほどまで歩を進める。

「んっ？」

よく見れば、校舎から体育館に向かって校庭を横切る、大人と子供の足跡がある。

「なんだ。一番乗りじゃなかった」

少しがっかりしながらも、気になったKさんはその足跡を追ってみた。

体育館に向けて歩いている二つの足跡――。

どこかの親子が遊びにきたのかな？　親同伴だから体育館を開けてもらえたのかも。

だったらみんなが来るまで混ぜてもらおう。

ミシッ、ミシッ、ミシッ。

踏みしめる足音が耳につく。体育館に近づくが何の物音も聞こえてこない。

人がまったくいない校庭も校舎も、急になにやら不気味な感じになってきた。不意に風が強く吹いた。

ギーッ、ギー。ギーッ、ギー。

木が軋むような妙な音が微かに響いてくる。体育館裏の方からだ。

足下の二つの足跡も体育館裏に続いている。親子が何かやっているのだろうか。

追いかける足が少し早くなった。

ギーッ、ギー。ギーッ、ギー。

風が吹き、音が大きくなってきた。体育館の裏に回ると桜の大きな木がある。この木は小学校のシンボルだ。冬は葉を落としたその太い枝に、なにやら黒く大きな袋がぶら下がっているのが見えた。

近づいてよく見てみると、その黒い大きな袋に見えたものは人間だった。

Kさんはそんな人間の顔を見たことがなかった。青黒く変色しているのに、妙に白い顔に、首は引っ張られて伸びて胴体につながっている。足元の雪はひどく汚れていた。

首つり自殺だった。しかも、顔見知りの用務員さんだった。

動揺して腰が抜けそうになったが、先生に知らせなきゃと思うがあまり、急いで職員室に向かった。しかし、まだ先生は来ていない。

下駄箱の横に公衆電話があることを思い出した。大変な時に大人がいない場合は警察にかけるよう、共働きの両親に言われている。

一一〇番を押して出た男の人に、促《うなが》されるまま自分が見たことと学校の名前を伝えると「すぐに行くからそこにじっとしているように」と言われた。ちょっとだけホッとして、下駄箱のところで体育座りをして待っていた。

間もなく警察が到着し、そのうちに当番の先生も登校してきた。何ごとかと驚いている先生も警察と共に現場を確認した後、Kさんの元に戻ってきた。

「びっくりしたね。もう大丈夫だから」

そう声をかけてくれていると、警察官が第一発見者ということでKさんに話を聞きたいとやってきた。先生同伴の上、質問に答えることになった。

Kさんは見たまま、ありのままを伝える。一番乗りだと思ったら、先に足跡を付けた大人の人と子供がいた。二人の足跡をたどってみたら、用務員のおじさんが木にぶらさがっているのを見つけたと――。

「協力してくれてありがとう。もうひとつ聞いてもいいかな？　校庭を体育館裏に向かう足跡は三つだよね？　君の足跡と大人の足跡と、君より小さな足跡と。そのもう一人の子にも話が聞きたいんだけど、どこにいるかわからないかな？」

そう言われても、Kさんもその子供は見ていない。

Kさんは先生に付き添われながら、警察官と一緒に校庭に向かった。

「あれっ」

警察官とKさんは同時に声を上げた。校庭には大人の足跡はあったのだけれど、もう一つの子供の足跡がなくなっていたのだ。

もちろん、他の誰かが踏み消したりしたわけではない。

Kさんと一緒にいた警察官は、他の警察官に聞いている。

「おい、もう一つ子供の足跡があったよな」

若い警察官が「はい、校舎入口から続いていました」と声を上げ、そちらに向かうが、「えっ」と声を上げ首を傾げている。

他にも警察官やら鑑識の人やらがやってきては、一様に首を傾げている。

Kさんを含め全員が目にしていたはずの子供の足跡が、何もなかったように消えていたのだった。

後日知ったことだが、Kさんの目撃情報と現場検証の結果、事件性はなくやはり用務員おじさんの自殺だったらしい。Kさんが登校するちょっと前に、行動に及んだのだとされている。

つまり、Kさんが見たのは、桜の大木に首を括《くく》る前の用務員の足跡だったのだ。

しかし、その横についていた小さな子供の足跡は、いったい……？

人助け

ある病院で看護師をしているPさんに聞いた話。

二人部屋に入っていた患者さんたちがいた。

Pさんが担当していた当時、同室で入院していたのはキリスト系シスターで品のいい小さな可愛い老女であるHさんと、ちょっとひねくれていて口も意地も悪い老女のVさんだった。

Vさんは何かにつけてHさんに文句を言い、Hさんはそんなさんに笑顔で「はいはい」と言うことを聞いて、事を荒立てないようにしていた。

しかしVさんにとってはそんなHさんの笑顔すらも苛立ちの一つだったらしく、「どうせ私なんかすぐに死んでしまうんだから、あんたなんかにはわからないよっ」と捨て台詞《せりふ》をよく言っていたという。

確かに二人は重病だった。末期のガンであったのだが、Vさんの方は家族の配慮でそれは告知されていなかった。シスターは自身の病気の状態を知ったうえで、Vさんの酷い言葉にも慈愛の精神で接していたのである。

そんな穏やかで優しいHさんは看護師の間でも人気があった。しかしある日、容態が急変し、さほどの時も経たないうちに亡くなってしまった。

Vさんは、さすがに日頃Hさんにつらく当たっていたことを後悔していたようなものの、

「やっと一人部屋になれたよ。せいせいした」

とうそぶいた。看護師たちはみな「どうしようもないひねくれ者ね」と呆れていた。

数日後のこと。深夜にVさんのベッドのナースコールが鳴った。

当直の看護師が対応すると、

「早くきてください。Vさんがあぶないの」

どこかで聞き覚えのある声だ。しかし悠長なことは言っていられない。Vさんの病室に駆けつけた。

「Vさん、どうされましたか？」

見ると、Vさんの腕からどうしたことか点滴が外れ、あたりが血の海になっている。Vさんは意識を失っている。医師が駆けつけ処置され、Vさんは幸いにも意識を取り戻し、大事にはいたらなかった。

Vさんは涙ながらに言う。

「枕もとにHさんがいて、私を励まして――助かるから、大丈夫だからと言ってくれていたの」

それを聞いて、ナースコールを受けた看護師がうなずいた。

「そうだわ。あの声、聞き覚えがあると思ったらHさんの声だった」

Hさんが知らせてくれたのよ、と伝えると、Vさんは「ありがとうHさん、本当にごめんなさい」と声をさらに震わせた。


その日以降、Vさんは人が変わったように優しくなった。そればかりか、聖書を取り寄せ片時も手放さなくなった。その姿は、まるでシスターであったHさんが乗り移ったように思えたという。

末期だったガンも奇跡的に病巣が小さくなり、やがて回復し、退院していったのだという。

左から

これは私自身の体験である。

私は大学に入学するのに三年、卒業するのに五年、つまり三浪一留という誰にも誇れない経験をしている。

これは三年目の浪人期に起きたことである。

私は三浪目に実家を出て、都内で一人暮らしの浪人生活を送っていた。自宅にいては勉強もしないし緊張感もないと言われ、覚悟を決めてやれとばかりに追い出されたのである。

そうはいっても一人暮らしを始めたのは、狭いマンションで、洗濯機も置けないしベランダもない部屋だったので、洗濯物を持って週に一度実家に帰り、一泊して洗濯して乾いたものを持ってマンションに戻るという生活をしていた。

その日も実家に戻り、洗濯機を回していた。終わるまでの一時間ほど、自室のベッドに寝そべりながら参考書に目を通していた。

ゴロゴロ寝返りを打つうち、右肩を下にして横になり、そのままうたた寝をしてしまった。

上になっている左耳に、人の息がかかって目が覚めた。

ふーっ。ふーっ。ふーっ。

何人もの人間が順番に私の左耳に息を吹きかける。

ふーーっ。ふーーっ。ふーーっ。

最初はほどよくくすぐったい感じだったのだが、だんだん強くなってくる。やがて、肺活量検査のような勢いで息を吹きかけられた。

ふーーーーーーーーーっ！

なんだよ。そう思って起き上がろうとしたら体が動かなかった。金縛りだ。

金縛りはそれまでも何度か経験していたので、さほど慌てはしなかったが、まったく動けないのに、鼓膜が破れそうなほど耳に息を吹きかけられるのはさすがに気持ちが悪い。

と思っていたら息がやんだ。と同時に、部屋の中でガヤガヤという話し声が聞こえ始めた。大勢の人がいるみたいだ。目も開かなかったので、耳に神経を集中して状況を知ろうとしていた。

左肩から起き上がっていればいいんじゃないか？

ふとそう思うと、すごくいいアイデアを思い付いた気になって、横になっている姿勢からガバッと起き上がろうと左肩に力を込めてみた。

「ねえねえ、この人、左肩から起きようとしてるよ。無駄なのにね」

小さな男の子の声が頭の上から聞こえてきた。ちょうど私の寝ている顔を覗き込んでいるような位置からである。

「ほんとだね、左肩から起きようとしてる」

「左からだよ」

「左からだね」

ガヤガヤ言っていた声が嘲笑《ちょうしょう》のそれに代わり、私はなんだかテンションが下がり、諦めて脱力した。

「いつまで寝てるの！　洗濯終ったから干しなさい！」

母が部屋の入口に立って声をかけ、階下に下りて行った。

ハッと目を明けた私は動けるとわかり、起き上がると母のあとを追いかけて、今起きたことを興奮して説明したが……。

「あなた、三浪しておかしくなってるんじゃない？　そんなのいいから、ちゃんと勉強しなさい、まったく」

おっしゃる通りである。私はうなずくしかなかった。

洗濯物を干してから、気を取り直し勉強机に向かって夜中まで勉強をした。

もう寝ようかと着替えてベッドに横になったその時。

「お母さんに信じてもらえなかったね」

またもあの男の子の声がした。ちょっとギクッとしたが、金縛りにもならなかったし、しばらく様子をみていても、それ以上のことは起こらなかったので眠りについた。

翌春、私はなんとか大学の合格通知を手にした。

いったん実家に戻った私は改めて下宿をするための準備をしていた。今度は洗濯機が置けるところに住むことを考えていた。

そんな折、母がこんなことを話してくれた。

「浪人中、あなた、部屋でたくさんの人がいたって話をしたことがあったじゃない？あの時は、三浪しておかしくなってるんじゃないのと言ったけれど、そうでもなかったかもしれないのよ――」

聞けば、この家の二階で、母は何度か不思議な経験をしているという。

二階の手前が私の部屋で、奥に両親の寝室があるのだが、母は以前に寝室に入った途端、床にびっしりと詰めて座っているたくさんのお坊さんの姿を見たことがあるのだという。

それだけでなく、寝ているとその胸の上にお坊さんが正座して座ってきて「重たくてしんどかった」といったこともあったのだとか。

「だから、あなたが部屋の中でたくさんの人がいて――って言った時に、あのお坊さんたちかしら？ってすぐに思ったの。でも三浪のあなたにそんなこと言ったらまた勉強する気なくしちゃうと思って言わなかったの。今回受かったからね、この話も解禁ってことで」

そう言っていた母だが、

「この家ってなんかあると思うわ。でもね、ささやかな怪異なんて、日頃の穏やかで快適な生活に比べれば大したことないからね、気にならないわね」

なのだそうである。

石畳

K県にある心霊スポットともいわれる、とある首塚に行った友人Gの話である。

大学生だった当時、Gのアパートで友人たちと盛り上がり、肝試しに行くことになった。真夜中、あえて丑三《うしみ》つ時を狙ってである。

男三人に女の子が二人、五人で一台の車に乗り込んだ。女の子のうち一人は自称霊感があると言っていて、「やめたほうがいい」と最後まで嫌がっていたが、聞き入れられず仕方なく同行することになった。

当の場所で車を降りたら、そこは思いのほか真っ暗で、念のためにと持っていた懐中電灯一つでは心もとなかった。

男たちは虚勢を張って、怯えながらも先に立って首塚のある場所へ向かい石畳の道を歩いていく。

「たいしたことねえじゃん！」

三人の中でもはしゃぎ癖のあるFが大声で叫んだ。

「おい、やめろよ。民家だってあるんだから」

「だってよー。ほんとにたいしたことねえんだもん！」

さらに大きな声でわざと言う。

その声に呼応したかのように、あたりの空気がにわかにざわめき始めた。

サッザザッザッザッザッザッ……。

妙な音が小さく聞こえてくる気がする。

「なに？　風の音？」

女の子の一人が震える声で言う。「いや、ちょっと待て。人じゃねえの？」と前を歩く男が懐中電灯で前方を照らした。誰もいない。

しかし耳にはどんどんと近づいてくる音が聞こえている。

サッザザッザッザッザッザッ……

「足音じゃね？」

みんなが顔を見合わせた。確かにそうだ、足音だ。しかも一人ではなく、何人もの足音が前方からどんどん近づいてくるようだ。

五人は前に進むことができなくなった。かといって音のする方に背を向けて、引き返すこともできずに立ち往生していた。

サッザッザッザッザザザザザザ――

音は急激に大きく響き、彼ら五人の周りをすさまじい音で包み込むと、次の瞬間には通り過ぎて行った。姿はない。しかし石畳を無数の足が駆け足で通り過ぎたみたいだった。

闇と静けさが戻る。座り込んでしまった女の子を抱き起こし、五人は全速力で石畳の道を車へと戻り、Gのアパートまで急いで戻った。

「怖かった。絶対足音だった。誰かが駆け抜けていったよね」

「Fがたいしたことないとか大きな声で言うからだ」

「そうだ、Fが舐めたこと言ったからだ」

みなが口々にFを糾弾する。Fは鼻で笑っている。

「でも、足音だけじゃん。やっぱたいしたことねえじゃん」

一人なにも言わずにいた自称霊感の女の子が、Fを指さした。

「私は知らないよ、F君に何があっても。帰り道には気をつけなよ、本当に。特に足もとには――」

Fは一瞬ぎょっとした顔をしたが、

「なんだよ足って。首塚なんだから首に気をつけろっていうならわかるけどさ。関係ねえよ」

そう言うと馬鹿笑いをしながら強がってみせた。みんなはそれきりその話はしなかった。

朝になり、みなそれぞれの家に戻って行った。

FはGのアパートの前に自分の自転車を停めていたので、それに乗って帰ろうとした。ハンドルを持ち、乗った瞬間――信じられない勢いで転倒した。

ものすごい音がしたので、Gがあわてて外に出てきた。

「なにやってんだよ、F」

Fがうなり声をあげながら顔をしかめている。みると、左足の膝下が血で真っ赤に染まっている。出血は激しくアスファルトの上を黒い筋が広がっていく。

Gはあわてて救急車を呼んだ。

結局、Fは左脛骨粉砕《ひだりけいこつふんさい》骨折しているとのことだった。左の脹脛《ふくらはぎ》が裂けて骨が砕けて飛び出ている状態ということだ。全治するにはずいぶんとかかる重傷だ。

なんで自転車に乗ろうとして転んで、そんな大ケガになるのか。医者は「車とぶつかったのじゃないのか、それともどこか高いところから飛び降りたのか？　自殺しようとしたなら正直に言いなさい」と詰め寄ったが、F本人にもさっぱりわからないのだからしょうがなかった。

後日、Gは仲間四人で病院に見舞いに訪れ、その帰り。自称霊感の女の子がぽつりと言った。

「だから足に気をつけてっていったのに」

いったいなにをあの時に感じたの？　とGが聞くと、

「足音が通り抜けるときに、聞こえたんだよね。足をもらうって」

「どうしてあの時にはっきり言わなかったのよ！」

もう一人の女の子が声を上げた。

「だって――」

私たちをつけてきた奴らが、車の外を取り囲んで睨んでいたんだもの。私が視えているることに気付かれたら、みんなが危なかったから――。

Fの足は完治したものの、左は少し短くなってしまったという。

おそろいの下駄

Yさんの父方の祖母から伺った話。

もう六十年ほど昔のことである。

祖母――Uさんには八歳の娘がいて、その娘の友達の少女が近所に住んでいた。

近所でも特に可愛らしいと評判の女の子で、Uさんの家にも娘と遊びによくやってきていたという。

仲良しの少女二人は「お揃いの下駄が欲しい」と駄々をこねた。

新品の下駄をすぐに買って与えるほど裕福ではないUさんとその少女の母親は、相談をした。そして、裁縫の得意だったUさんが、二人が普段履いている下駄の鼻緒をお揃いの柄でこしらえて挿《す》げ替えてやったという。

ある夜のことだった。

「うちの娘が来ていませんか？」

少女の母親が血相を変えてUさんの家にやってきた。その日、Uさんの娘は熱を出して寝込んでいたので、少女が遊びに誘いに来たものの家には上がっていなかった。

「帰ってこない」

町内の人間が夜通し総出で少女の行方を捜していたが、翌朝、近所の川で沈んでいるのが発見された。

母親の悲しみぶりは、はたで見ていられないほど哀れだったという。

Uさんも自分の娘と仲の良かった同じ歳の子供の死に、とてもショックだった。娘も、自分が遊べなかったからかと、すっかりふさぎ込んでいた。

お葬式は少女の家で行われたので、Uさんは最後の別れに言いに訪れた。

「本当になんと声をかけていいのか……」

そういうUさんに、少女の母親は、

「運命とは思っても本当に悲しくて……せめて、あの子が大好きだった下駄をお棺に入れてあげたかったのだけれど、どうしても見つからなかったの。流されちゃったみたいで……」

振り絞るようにそう言うと、親族に抱えられて娘のそばに戻っていった。Uさんはその後ろ姿を見送ると、沈んだ気持ちで玄関に向かった。

ふと、裏庭に立てられた物干し竿に、なにやらぶら下がっているのに気がついた。どうしても気になったUさんは、縁側のガラス戸を開け、置かれている草履《ぞうり》を履いて物干し竿に近づいた。

「あら、これは！」

物干し竿にかかっていたのは、少女の下駄だった。見間違えるはずがない。私がこしらえてやった鼻緒だもの。それに――。

下駄の側面には、小さな文字で少女の下の名前が記されている、

Uさんは急いでその下駄を少女の母親に渡してやった。

参列している人たちに、「どなたが持ってきてくださったのでしょうか？」と聞いて回ったが、誰も声を上げなかった。

「あれは不思議だったね。川で溺れて亡くなった子の持ち物なのに、水に濡れたあともなかったしね。苗字は書いていなかったから、あの家の子のものともわからないだ

ろうから、誰かが持ってきたとは思えないしね」

下駄は少女の棺に納められ、荼毘《だび》に付された。

Uさんの娘はしばらくお揃いの下駄を大事にしていたが、成長するにつれ、どこにやったかわからなくなってしまったという。

勧誘

知り合いのお母さんが若かった頃の話である。

ある日、新婚で団地住まいのA子さんが夕飯を作っていた。途中、しょうゆが切れていることに気づき、近所の馴染みの酒屋に買いに出かけた。

その途中、野原のまま使用している駐車場がある。そこを横切って行くと酒屋に行く道のショートカットになるので、横切ろうとした。そうしたら、後ろから男の声がした。

「おくさん、ひどいじゃないですか?」

自分に声がかけられているとは露《つゆ》も思わないので酒屋に向かって急いで歩く。

「おくさん、ひどいじゃないですか?」

「おくさん、ひどいじゃないですか?」

三度目に言われて、ハッと立ち止まり振り向いた。

そこにはスーツ姿の男が、A子さんのすぐそばに立っていた。

「えっと、なんでしょうか？」

びっくりしながら、そう聞こうとする言葉にかまわず、男は訊いた。

「おくさんは、何新聞を取っているんですか？」

へ？　と思ったが、

「〇×新聞です」

A子さんの家では△×新聞を取っていたが、なぜか咄嗟《とっさ》に違う新聞名を答えた。そうすると男は、

「ああ、〇×新聞ですか。それは失礼しました」

そう言うと踵を返してとぼとぼと去って行った。

翌日、A子さんの隣の奥さんが、何者かに刃物で刺されて重傷になるという事件が起きた。

警察官が訪ねてきた。

「不審な人物を見ませんでしたか？」

そう言われてふと、昨日会ったあの男のことを思い出して、話をした。そして、「すみません、お隣さんが、何新聞だったのか、わかったら教えてもらえませんか?」ふと「もしかしたら」と思い、そう言ってみた、
警察官は軽く会釈をして現場に戻って行った。

後日、犯人がつかまった。

予想通り、あの時A子さんに声をかけてきたスーツ姿の男であった。

聞き込みにきた警察官は、結局お隣さんがどこの新聞を取っているのか教えてくれなかったが、しばらくドアの受け口に溜まっていた新聞を見たところ、やはり「△×新聞」だった。

A子さんは、もしあの時に正直に「△×新聞」と答えていたら、先に刺されていたのは自分だったに違いないと思い、急に恐ろしくなったという。

ちなみに刺した男は、新聞社の関係かと思いきやまったく関係なく、今でいう引きこもりの青年がスーツを着て徘徊《はいかい》を繰り返していた上での犯行だったらしい。

お返事

Sさんが小学校四年生の時の話。

クラスの中にコメダという、たいそう嘘つきの男子がいた。

コメダはいつも「うちにはカウンタックがある」とか「コブラを飼っている」とか、どうしようもない嘘をついている。

そいつの家は小汚い長屋の一部屋で、冷蔵庫の中にはなぜかジュースだけは豊富にはいっているので、男子たちはジュースを飲みたいがためにコメダと付き合っているところがあった。家に行くと「カウンタックはどこだよ?」と意地悪くたずねたりするが、「父ちゃんが乗って行ってる」としらっと応える図太さもあり、冷蔵庫のジュースも今思えば万引きしたものだったのじゃないかという気がするという。

そんなコメダが学校に来なくなった。

一週間、二週間と経ち、最初は「病欠」と言われていたのが、三週間後には「急な転校をした」ということで机もなくなった。

コメダの家を通りがかった子供は、「確かに引っ越してるよ。誰も住んでなかったよ」と報告し、挨拶もなしで転校するなんてやっぱり薄情な奴だなとみんなで話をした。

ある日の算数の授業だった。

女教師が黒板に数式を書いて言った。

「答えがわかる人？」

はい！はい！と声が上がる中、ひときわ大きな声が教室に響いた。

「に！」

声が上がった瞬間、教室にいた全員がざわめいた。答えは確かに「2」だったのだが、問題はその声だった。

「今の声、コメダじゃね？」

「コメダだよ、あの声、コメダの声だ！」

「コメダだ、コメダだ」

ざわめきは次第に大きくなる。なんで転校して行ったコメダの声が教室でしたんだ？　子供たちが騒ぎ出した。その頃、みんなで回し読んでいた怪談本の影響も少しあり、お化けじゃないのか、などと誰かが叫んでいる。

クラスの中でも物知りという女の子が声を上げた。

「そういうのって生霊っていうのよ！」

「なんだよそのイキリョウってのは。わけわかんないことというなブス」

「ひどーい！」

クラス中パニックである。

突然、女教師が教壇をバーンと叩いて絶叫した。

「そんなはずはないでしょ！」

騒がしかったクラスが急にしんとなる。

「そんなはずないの！　コメダくんの声がするなんてありえないの！」

「でも生霊かもしれないじゃん」

子供の声が女教師に問いかける。

「絶対そんなことはない！　コメダくんの家は夜逃げして一家心中したのよ！　行方不明になっていたコメダくん一家はこの間、全員遺体で見つかったの。だから死んでるの！　生霊じゃないの！」

コメダ君含む家族は確かに心中し、遺体がすでに見つかっていた。

このことは、すでに生徒の保護者たちには伝えられていた。しかし、子供たちにショックを与えないよう「コメダ君は転校した」ということにしておきましょうと、教師と保護者の間で約束されていたのだった。

それがこの授業の日、家に帰った子供たちが両親に「心中ってなに？」「コメダくん死んでたんだって」と話したことから、学校に抗議が殺到、教師の暴言が発覚した。

「いったいなんでその女教師が突然そんなことを言い出したのか……。コメダの声で〝に！〟と聞こえたことよりも、そっちの方が大騒動になっちゃって……」

Sさんは笑った。

因果関係はないとは思うが、その数年後、Sさんが卒業したすぐあとに、女教師は体を壊して退職、枯れるように亡くなったという。

記録

Rさんは、あるタレントさんの闘病記のゴーストライターをしたことがあった。

出版後、そのタレントさんの元にファンという方から封筒が届いた。手紙には、病気に打ち勝ったことへの激励や、自分がいかに彼のファンであるかを切々と綴った手紙とともに、五冊の大学ノートが同封されていた。

使い込まれて表紙がボロボロなったものから、きれいなものまで五冊。そこに記されていたのは、送り主のご主人の闘病日記だった。

元気だったご主人が調子の悪さを訴え、病院にかかってガンが発見された経緯から、徐々に病気に蝕まれていく様子、その治療の過程などが時系列で書かれている。

時にはマッチ棒のような人間のイラストを加えて事細かに、体の中がどうなっているかが引き出し線で説明され、診断書らしきもののコピーや処方箋のコピーなども丁寧に貼ってあった。

ヨシイさんのご主人の病気は肺ガンで、タレントが克服した病気と同じだった。

新品に近い五冊目のノートは途中までで終わっていた。

その最後のページには、

「うちも、あなたのように恵まれた環境だったら、主人もきっと――」

という言葉とともに、吐血の跡のような黒いシミが散っている。

そして振り絞って書いたような、

「サヨウナラ」

のカタカナの文字がのたくったようにあった。

タレントさんはさすがに気味が悪くなったので、Rさんにまるごと送って対応を頼んだ。

封筒には送り主の名前と住所がきちんと記されている。その名前であるヨシイさんをその住所に訪ねてみることにした。

東京近郊の県に住んでいらっしゃるヨシイさんだが、この闘病記を読む限りご主人は亡くなっていると思われる。しかして住所を辿ると、確かにヨシイ夫妻はそこに住んでいらっしゃった。

「突然お訪ねしてすみません」と、Rさんは名刺を渡し、ノート五冊を持ちうかがったわけを話した。

上品な奥様であるヨシイさんは、Rさんの来訪理由を聞いて不思議な顔をする。

「確かに、主人は以前に喉頭《こうとう》ガンが見つかりましたが、ごく初期だったので今は完治してピンピンしておりますよ？」

その通り、顔色もよく健康そうなご主人が、何事かと顔を出してきた。

ヨシイ夫妻を前に、Rさんは改めて持ってきたノートの説明する。

送り主の名前も住所も合っている。しかしヨシイの奥さんは「そんなものを送った覚えもない。なにより書いた覚えもありません」という。だいたい、そのタレントのファンでもなんでもない。

Rさんはノートを二人に見せた。ノートを見ながら夫婦は「私たちじゃないですね、これを書いたのは」と笑っている。

「何かの間違いでは？」

ご主人も元気なところで二人が嘘をつく必要もないことだし、Rさんは「変なことを訊ねにきてすみません」と、その場を後にした。

結局、そのノートがなんだったのかわからず、Rさんの手元に保管されていたのだが――。


それから数年後のこと。

ヨシイ夫妻の奥さんからRさんに連絡があった。

「実は主人が帰らぬ人となりました――。変なお願いなのですが、あの時のノートをまだお持ちでしょうか？　お手元にあるようでしたら、ぜひまた見せていただきたいのですが――」

Rさんは「もちろんです」と仕舞いこんでいたノートをひっぱり出し、約束をした日時にヨシイさんの自宅を訪れた。

ご主人を亡くされてまだ数か月、いまだ悲しみから立ち直れないと零《こぼ》す奥さんだったが、気丈に応対してくれた。ご主人の仏前に挨拶をしてから、ノートを取り出した。

「昨年、ガンが再発しまして。かなりがんばったのですが――」

そう言いながら、置かれたノートを手に取って一冊目から目を通していく。

読み進めるうちに、奥さんの眼から涙があふれてあふれて止まらない。

「大丈夫ですか？」

Rさんが問いかけると、奥さんは、

「このノートに書かれてあること――主人が再発して亡くなるまでの状況とまったく同じことが書かれています。まさにこういう状態で、薬剤にしても治療法にしても、同じなんです」

でも誰が書いたのかわからない。私の字でも主人の字でもないから……。

Rさんは失礼を承知で、奥さんの書いた字を見せてもらった。そしてノートの筆跡と照らし合わせてみる。ご主人の書いたものも見せてもらったけれど、どちらもやはりまったく違う。

奥さんはひと通りノート見て、最後の「サヨウナラ」の文字をじっと見つめると静かに閉じてRさんに返した。

しばらくご主人の思い出話を聞いた後、奥さんにお礼を言ってRさんはお暇《いとま》をした。

帰り道、ちょっとだけ、なんとなくだけど気になったことがあるという。

ノートの最後に記された「サヨウナラ」の文字。この文字だけがなんとなく奥さんの筆跡に似ているような気がすると思うとRさんは言った。

それ以降、何度か連絡をしたのだが、奥さんとは連絡がつかなくなっている。

奇妙な会話

若者の街にある、とある美容室であった話。

その日は数か月に一度やっているという体験撮影のイベントで、それはヘアメイクをしてプロのカメラマンに写真を撮ってもらうというセットを予約でやっているのだ。

Aさんもプロのカメラマンに撮ってもらいたいと思って、このイベントに申し込んでいた。若い女の子が一人だったり二人で一緒にだったりと、一時間半ごとに次の予約の人が店にやって来る。Aさんの番ももうすぐだった。

そんな中、二人の老婆がいきなり店に入ってきた。

こう言ってはなんだが、ヘアメイクして写真撮りたいの？　と突っ込んでしまいそうなちぐはぐな雰囲気をした二人だった。

順番を待つ客のために置いてある椅子に二人は座ると、大声で話し始めた。

「ああ、○さんはだめだよ。自殺だから待ち合わせできないよ」

「あ、そっか。○さんは自殺かね。じゃあ無理だね。あはははは」

「それに○さん、×さんのことを誘うらしいし」

「じゃあ、なおさらやめとこ。でも×さんも自殺した○さんに誘われるなんて、気の毒ね。あはははは」

うわあ、大きな声で変な会話。なんなんだろ、このお婆ちゃんたち。

「Aさん、お待たせしました。どうぞこちらに」

通されたのは、普段はVIP用の個室、ここでヘアメイクを施してもらうのだ。

緊張してメイクされながら、先ほどの老婆たちのことを話してみた。

「大声でずいぶん変な話をする人たちでしたね」

スタイリストは「ん?」という顔をして、

「今日の撮影はみんなお若い方たちばかりなんですよ。二十代の方限定のイベントなので」

あ、そうだった。とAさんは思い出した。

「そうしたら、あのお婆さんたちは――」

「なにかありましたか？」

Aさんは先ほど見た老婆たちと、その奇妙な会話のことをスタイリストに話した。スタイリストは「ちょっとお待ちくださいね」と個室から出て、入れ替わりに店長と名乗る男性が入ってきた。

店長はやけに明るく爽《さわ》やかに話しかけてくる。

「見えちゃいましたか、ババア二人。すみませんでした」

はあ？　と首を傾げるAさんに、

「以前はガラスの向こうにいたんですけどねぇ。最近、入ってきちゃったみたいなんですよ。困っているんです。視える方がたまにいらっしゃるので」

にしても、会話の内容が変わってきているなあ、前は○さんが自殺したなんて話してなかったんですけどねぇ……。

店長がぶつぶつと言う。

「ていうか、当たり前に話してますけど、あの人たちなんなんですか？」

あ、と店長が顔を上げ、にっこり笑った。

「どうぞご内密に。本日の料金はサービスさせていただきますので！」

クルリと踵を返すとさっさと店長は出て行った。

あの老婆たちはこの世の者ではないのか？　と自問自答しながらAさんは、会話の中に出てきていた×さんが無事であるのかどうか、それがとても気になったと言う。

監禁騒動

大学の頃の友人Tの話。

貧乏学生だった彼が当時住んでいたのは、一階を大家の老夫婦が住み、二階の二間ほどを学生に貸しているというアパートだった。

もともとあたりは住宅街で、一軒の家の敷地が大きい。Tのアパートも、老夫婦が歳を取ったから二階はもう使わないということで、アパートにリフォームした物件だった。

二階に上がる階段は鉄製の外階段で、上がり下りは足音が結構する。老夫婦の夜は早かったので、夜間は音がしないようずいぶん気を使ったと言う。

そのアパートの向かい、道をはさんで、ずいぶんと大きな邸宅があった。

Tの部屋からはその邸宅の庭が見えた。春は植えられた桜が咲き、秋は紅葉が色を染める。芝も丁寧に手を掛けられていて、Tも溜息をつくほど、とてもセレブな家だったのだという。

一年も住んでいると、向かいの邸宅の家族構成もなんとなくわかってきた。主人とその妻、二人の間に、Tと同じぐらいの大学生の息子と高校生の娘がいるらしい。

めったに会うことはなかったが、見かけると会釈をしてくれる雰囲気のいい家族だった。

ある夜中、アルバイトから戻ってきたTがアパートの前の道を歩いていると、向かいの邸宅の壁に向きあって立っている人影がある。目をこらして見て、グレーの背広を着たサラリーマン風の中年の男だと思った。後ろ姿なのだが、目元で光る銀縁の眼鏡が印象的だった。

「なにやってるんだ?」

好奇の眼を向けながら近づくと、その男がなにやら呟いているのが聞こえてきた。

ギョッとした。ちょっと危ない人かなと思い、警戒しながら後ろを通り過ぎ、アパートの階段を、音を立てないように駆け上がった。

自分の部屋に入ってから窓からそっとのぞくと、その男がこちらの二階を見ているのがわかった。
嫌な気がしたが、疲れていたし、窓とドアと鍵がかかっているのを改めて確認して
その夜はすぐに寝た。

翌日の夜。この日もアルバイトに入っていたが、バイト仲間と少し飲んだので昨夜
よりも遅く帰ってきた。アパートの前の道に入った瞬間、「あ!」と思った。
同じスタイルの男が同じ場所で、ぶつぶつと何かを言っていた。
このおっさん、一晩中やるつもりなのかよ。
アルコールが入って少し気が大きくなっていたTは、男に話しかけた。
「夜遅く何やってるんすか? 昨日もいましたよね。ぶつぶつうるさいですよ」
男は思いがけない素早さで振り返り、Tは思わず身構えた。しかし男は、
「あ、これは申し訳ありません。ご迷惑をおかけしていることは重々承知しておりま
す」
至極丁寧に頭を下げた。これは強く言い過ぎたかもしれないとTは思い、なんとな
くバツが悪くなった。男は続ける。

「いや、しかし私に声をかけてくださったのはあなたが初めてです。ありがとうございます。実は、この家に私の妻が監禁されておりまして、毎晩このように抗議をしにきているのです」

Tはそこまで聞いて「やっぱりこのおっさんおかしいわ」と思い、言った。

「だったら直接こちらのご主人に話をするなり、警察に届けるなりした方がいいんじゃないですか？　壁の外から抗議したって聞こえないでしょう？」

男は首を横に振りながら続ける。

「この家は先代が悪どいことをして財を成し、この豪邸を建てたのです。そして現在にいたるまで地元の名士面をしているのです。ここの家主はその上何の罪もない私の妻まで奪って自分のものにしようとしている。私は見ての通りしがないサラリーマンです。地元警察は私と家主どちらを信用しますか？　わかりますよね？」

いつしか、男は眼に涙を浮かべながら訴える。

Tさんは酒も入っていたこともあり、その様子を見ているうちに、あながち男が嘘を言っているわけでもないのかも、となぜか思ってしまった。

男は、訴えがひと通り終わると、

「なんだかあなたに話を聞いてもらったらスッキリしました。重ね重ねありがとうございました」

そう言い残すと、駅の方へと歩いて消えていった。

しかし、それからも男の行動はしばらく続いていた。バイトのときは後ろを通ったが、あの夜以来、特に話をすることもなかった。通り過ぎるときには男はパッとこちらを振り向き、Tに軽く会釈をするのだという。

そんな夜が二週間も続いたか。ある昼、邸宅の前にサイレンを鳴らしたパトカーが停まった。授業が午後からだったので部屋でのんびりしていたTもびっくりして飛び出し、野次馬に中に入って行った。

まさか、あの男の話が本当で、監禁されていた奥さんが保護されたとか？

そんな風にも思ったらしいが、隣に立っていた野次馬の一人に、「なにがあったの？」と聞いてみると。

「あんた見たことない？　壁に向かってぶつぶつ夜中言っていた変な男。あいつがこの家に妻を返せって乗り込んだらしいんだよ。それで家主が警察に通報してつかまったらしいよ」

やはり男の妄想だったのだ。あの男の妻がこの家に監禁されるわけないじゃん。少しでも信じた俺っていったいどれだけバカ？　でも俺には対応よかったしなあ。なんだかがっかりだなあ。

そう思うとTは情けなくなった。

数か月経ち、ある夜にバイトからTが帰ってきた時のこと。アパートの敷地に入ろうとしたTが、二階の自分の部屋の前にあの男が立っているのを見かけた。思わず「やばい」と思い、とにかく駅前の居酒屋かどこかに行って時間をつぶそうと踵を返そうとしたら、後ろから大きな声をかけられた。

「すいません！　おどろかしてすみません！　待ってください！」

鉄の外階段をガンガン降りてくる。大家が寝てるのに勘弁してくれよ、とTは思い、しょうがなく足を止めた。

「あなたに話を聞いていただいてから、私の道は開けました。警察を巻き込んだ騒動があった日をもちまして、私の役目は終わりました。本当にありがとうございました。そしてご迷惑をおかけしたこと申し訳ございません。これはほんの気持ちです」

男が差し出したのは、Tも聞いたことのある高級和菓子店の箱だった。きれいに包装されていたので、ちゃんと買ってきたもののようだ。

「いえ。俺、なにもしていないですし、いただくわけには――」

「いや、あなたのおかげなんです。これは受け取ってください」

強引にお菓子の箱をTに押し付けると、

「私がこの界隈にお邪魔するのも今日で最後なんです。おかげさまで女房も――」と
そこまで言って感極まったように涙をぬぐった。そして、

「しつれいします！」

またも大きな声でそう言い放つと、駅の方へと歩いていった。

唖然としてその姿を見送っていると、駅方向へと曲がる角でこちらを振り向き、再び深々と礼をして消えた。

そして男が言っていたように、それきり彼の姿を見ることはなかった。

向かいの邸宅ではいろいろと奇妙なことが起こり始めた。

長男が事故死した。大きな家なので葬式はそこで行われたので、Tはそれを見て知っ

た。その一か月後、再び葬式が行われた。今度は娘が自殺をしたという。

その後、ご主人に道で会うことがあったが、老人のようにやつれ、ぶつぶつと何を言っているのかわからない状態で家の前の道を歩いていった。

ある夜、悲鳴と共にガラスが割れる音が響いた。すぐさま救急車の音が近づき、向かいの家の前に停まった。運び出されてきたのは酸素吸入器をつけられた主人だった。時間をおかずにその主人の葬式も出された。脳梗塞でほぼ即死だったという。

そして奥さんは一人になり、いつの間にその家を出て行ったらしい。

気づけば邸宅は売りに出されていたが、買い手がつかなかったのか、今は更地になって分譲住宅が建っているという。

俊足婆

僕の地元にあった話で、この人物には僕も会ったことがある。

当時、僕も通う小学校の男子の格好の遊び場に、「幽霊屋敷」と呼んでいた廃墟があった。曰《いわ》くがある家でもなんでもなく、「探検」する場所であり「秘密基地」などになったりする空き家である。

その幽霊屋敷に行くには、「マッハ婆《ババア》」と呼ばれる老女が住んでいる家の横の私道を通らなくてはいけなかった。なぜマッハ婆と呼んでいたかというと、子供が幽霊屋敷に入り込むと、マッハ婆で「こらあ！」と飛び出てきて、逃げまくる小学生の悪ガキたちをつかまえようと追いかけまわすのである。そのスピードがものすごく速かったのでその名がついた。

そして必ず誰かが捕まり、そうなると首根っこを摑まれたまま、その子供の家まで連れて行かれ、親の前で「あんたんちの子どもはどういう教育をしてるんだい、人の家の敷地に勝手に入って！」と頭を小突《こづ》かれ、泣いて謝らされるのである。

その廃墟の持ち主はどうやらマッハ婆のようだったのだが、子供にとってはそんなことはわからない。やがてマッハ婆は学校に抗議を言いにやって来た。そして朝礼でもマッハ婆の敷地や空き家に入らないようにと、きつく注意されたが、そんなことも悪ガキ少年どもに効くわけもなかった。

どれだけ怒られても懲《こ》りるわけもなく、マッハ婆に追いかけまわされることがスリルであって、子供はいつもそこに入り込んでいた。


僕らが小学六年生になった頃。

すでにマッハ婆との鬼ごっこもすっかり飽きて、空き地に捨てられていたエロ本を見つけて回し読みをする方がポイントが高くなっていた。しかし、下の学年の子たちは、変わらず「幽霊屋敷」に忍びこみ、マッハ婆に追いかけられるのを楽しんでいた。こういう遊びは下の世代に伝えられていくものである。

ある日の放課後。「幽霊屋敷」で遊んでいた少年たちの中に、小学生にしては恰幅《かっぷく》の良すぎる少年が一人混じっていた。名前をYといった。

「こぉらあ！」

マッハ婆が家の玄関から飛ぶように出て、廃墟のある敷地にいる少年たちに向かって走ってきた。

「うわわあああああああ」
五、六人いた少年たちはいっせいに四方に散る。そんな中で、体型が体型だけにYは他の子のように機敏にマッハ婆の追跡をかわすことができない。
案の定、マッハ婆にロックオンされ、早々にYは捕まってしまった。

「あー、Yのやつ捕まったよ」

近所の駐車場の屋根に上って、事の騒動を見ていた僕ら六年生集団はため息をついた。

「しばらくマッハ婆につかまった奴、いなかったのにな。あいつ、親のところに連れて行かれて怒られるな。Yん家ってマッハ婆の家のすぐ近所じゃなかったっけ？」

「そうだよ、あいつかなり怒られるんじゃないか？」

気の毒な目で見ていると、なにやら様子が違う。

いつもは子供をつかまえると、洋服の襟首をむんずと乱暴につかみ、引きずるようにして親の元まで連れて行くのに、その日のマッハ婆はニコニコと笑いながらYに話しかけている。

最初はYもちょっと体を引いていたのだが、やがて二人は手をつなぐと歩き出した。

「おい、マッハ婆とYが！　手をつないでいるぞ！」

「えええっ？」

唖然と見ていると、マッハ婆は自宅にYを連れて行くと、玄関口に彼を残して家の中に消えた。Yが所在なさ気に、家の中を覗いたり、外を見まわしたりしている。

やがてマッハ婆が玄関先に出てきた。Yの手に何かを渡している。両手でそれを受け取ったYは軽く頭を下げると、のそのそと走って敷地を出ようとしていた。

「おい！　Yがマッハ婆になんかもらっている！」

「あれ、お菓子じゃね？」

色めきだった僕たちはいっせいに駐車場の屋根から飛び降りると、Yが小走りに行くところに追いついた。

Yは僕らの顔を見ると笑いながら、

「マッハ婆がなんだか優しかった。男の子は元気が一番！　とか言って、こんなにお菓子くれた」

と両手いっぱいに抱え持った、ティッシュでくるまれたカリントウなどのお菓子の数々を掲げてみせた。

変なもので、怖いマッハ婆からどうやって逃げ切るかというのが楽しかったのに、優しくなったマッハ婆では興味が一気に薄れてしまい、その日を期に「幽霊屋敷」に寄りつく子供がいなくなった。

それでもたまに「探検」遊びをしている男子もいたようだが、マッハ婆の話は聞かなかった。

半年ほどが過ぎ、二学期も半ばを迎えた頃、Yの家に警察がやって来た。

「ご近所の○○さんのことでお伺いしたのですが――」

マッハ婆のことだった。聞けば、マッハ婆が自宅で変死をしていたということで、近所に最後の様子や、変わったことを知る人がいないかなどを聞いているのだと言う。

びっくりした母親がYを呼んだ。子供たちがマッハ婆の敷地にある「幽霊屋敷」で遊んでいることは知っていたからである。

「また入り込んだりしていたんでしょ？　怒らないから正直に話しなさい」

Ｙは母親の顔と警官の顔をみまわしながらオズオズと……、

「新学期が始まった頃、幽霊屋敷に入って遊んでたのがマッハ婆に見つかったんだけど、いつもみたいに怒られなくてびっくりした。お菓子をもらってみんなで食べた」

母親が「あんたまあ、やっぱりそんなことして！」とＹの頭を小突こうとしたが、警官がその前に、

「いや、それはおかしいな。それは今年に入ってからのことだよね？」

Ｙが母親の難しい顔を上目づかいで見ながらうなずく。

「君の勘違いじゃない？　○○さんは亡くなって、一年以上経っていることが確認されているんです」

数日後、学校にも警察がやってきて、Ｙはじめ「幽霊屋敷」に入って遊んでいた少年たちに話を聞いた。

異口同音に「半年前、マッハ婆がＹにくれたお菓子をみんなで食べた。僕たちもマッ

ハ婆の姿を見ている」と言う。

一年以上も前に自宅で孤独死をしているので、そんなはずはないと警察は不可思議な顔をしている。

それは僕らも一緒だった。みんな、カリントウの味とともに、最後のマッハ婆の姿を覚えている。

結局、マッハ婆の死亡時期のずれの原因が何だったのかはわからなかった。

いまだに、あの頃少年だった僕らが集まった時には「不思議だったなあ」と話している話だ。

破戒の家

知り合いのS君が昔に住んでいた家の話。

当時S君は小学校三年生。二つ下の弟がいる二人兄弟だった。

引っ越しをして間もなかった頃の話だという。

K県の閑静な住宅地の一画にS君家族が引っ越してきた一軒家はあった。

表通りから路地に入り、中ほどにある細い私道に入る。この私道が五、六メートルほどあり、その奥まった敷地に建っている家だった。敷地は横に広く、私道の奥にある門扉を入ってすぐ前にあるのがS君の家、向かってその右手に同じつくりの家が並んでもう一軒建っていて、別の世帯が住んでいた。路地と私道に面した敷地はその一帯の地主である大家の家が建っていた。なので、路地からはS君の家も隣の家も見ることはできない。私道の入り口から見れば、門扉とその奥のS君の家の玄関、そして家の裏に植わっている巨大な針葉樹が屋根に覆いかぶさるように見えた。

S君が、ある夜、急に高熱を出した。あわてて病院に行っても原因がまったくわからない。翌日になり熱は引くのだが、また夜になると同じように高熱が出る。翌晩もその次の夜も、高熱が出ては朝までうなされる。

一週間もそんなことが続いたあと、ぴたっと熱は治まった。しかしS君は、妙な行動をするようになった。

家族が寝静まった夜中。むっくりと起き出すと台所に行って、冷蔵庫の中にある食べ物をガツガツ漁るようになったり、炊飯器に保温されているご飯に顔を突っ込んで平らげてしまったり……。とにかく食べ物に執着をする。

兄弟の部屋は二階、一階に両親の寝室と台所があるから、台所の物音を聞きつけた母親がS君の行動を見つけた。

「やめなさい！　なにしているの！」

必死でS君を止めようとするが、九歳ほどの子どもの力と思えない強さで振りほどこうとする。

これはさすがに尋常ではない。昼間はまったく問題ない男の子なのに、夜中になると豹変する。これは精神的な病かと、両親はあちこちに相談に行くのだけれど、やはり原因はわからなかった。

困り果てたS君の父親に、知り合いが「霊能者というのに会ってみるかい?」と進言した。父親は藁にもすがりたいところだったので、「ぜひ紹介して欲しい」ということになった。

その霊能者というのは、当時、タレントとしても活躍していたHさんという。

実は霊能方面でも高い能力を持っていて、それはテレビ画面で出すことはなかったのだが、関係者の間では有名な話だった。

HさんがS君の家にやって来た。

門扉から家を見たとたん「わかった」と一言いうと、その日は家にも上がらずに帰って行ったという。

後日、S君の父親と会うと、

「このままでは息子さんは死にますよ」

強張った顔でそう言った。S君の父親は驚愕《きょうがく》した。

「え?　どうしてですか?」

「あの家はよくない」

「なにが起こっているのですか?」

「あなたたちが住む前に、女性が一人で住んでいたことがあるはずです。その女性がこの家をめちゃくちゃにしたんです——」

Hさんは続けて言う——。

「あなた、これから家に帰ったら屋根裏を探してみてください。きっととんでもない物が出てくるはずです。それは呪です」

唖然としている父親の眼を見ながら、ゆっくり含めるように続ける。

「それは、しかるべき処分をすれば大丈夫でしょう。ここに持っていきなさい」

ある神社の名前と連絡先を書いたメモを父親に渡した。


S君の父親は大急ぎで家に戻ると、家のあらゆる部屋の屋根裏を開けて調べてみた。子供部屋にしていた六畳の部屋の押し入れから天井裏に顔を突っ込み、懐中電灯で見まわしている時だった。

「こ、これか……」

S君の父親が見つけたのは確かに禍々しい呪だった。

置かれてあったのは、釘が刺された一体の藁人形と錆びついた出刃包丁だった。

恐る恐る取り出すと、段ボールに入れガムテープで蓋をした。

家に一時でも置いておくわけにはいかないと、そのまま言われていた神社へと車を走らせた。


これですべては解決したかに思えたが、S君の奇行は止まらなかった。

S君の父親はHさんに連絡をして、状況を訴えた。

Hさんはびっくりしたように応える。

「本当ですか？　それが取り除かれれば大丈夫なはずなのだけれど……」

それでもだめだと言うなら、それはもう私の手には負えない、別の人間を紹介すると言われた。
二、三日後、一人の中年の女性がS君の家を訪ねてやってきた。霊能者ではあるのだけれど、それを仕事にしているわけではなく、ごく普通の主婦であるというIさんだった。

事の次第はHさんから聞いているという彼女は、玄関を入った途端、

「ああ。それだけじゃないわね。もっと大変なことがここではあった――」

そう言うと、勝手知ったる家のようにどんどんと中に入って行く。ベランダから裏庭へと出て大きな針葉樹の前に立った。

「ここに在ったはず――」

Iさんはその場に静かに佇んだ。五、六分、それより時間が経ったかもしれない。静かに息を吐き、S君の父親を見据えて話し始めた。

その大木の前に、稲荷の社があったのだという。

「以前ここに住んでいた女性が、家に呪をかけ、お社を燃やして怨にした。この女のその後をあなたは調べなさい。たぶん掛けた呪を自分でも受けているはず。その行く末を見届けなければいけない」

S君の父親は、まずは大家の主人に聞いてみた。

大家の主人は、自分がまだ青年だった頃、父親が管理していたその家に確かに女性が一人で住んでいたということを覚えていた。とても綺麗で垢抜けた女性で、どこか

の男の妾だったらしい。しかし、エキセントリックな性格で、時々大喧嘩をしている声が聞こえていたという。

やがて、男が愛想を尽かして別れたか、女性がその家を出ていくことになった時、家の裏庭にあった稲荷の社を破壊し、それで飽きたらず欠片《かけら》一つ残さず燃やしてしまったのだという。「勝手なことを」と大家の父親がひどく憤慨したのだそうだが、再建することもなく今に至っているという。

女の引っ越し先が大家の父親の記録に残っているかもしれない、と言われたが、何分昔のことで倉庫のどこに仕舞われているのかわからないと言う。

それを縋《すが》りつかんばかりにお願いし、なんとか探してもらった。それを基に、引っ越したあとの女の行方をS君の父親は追った。

——やがてわかった。

女は転居先で、首を括《くく》って亡くなっていた。その部屋は小さなアパートの一室で、父親が訪ねた時には、壊してマンションが建つ予定になっていた。近所の古い洋品店に訊ねると、隠居した主が当時のことをかろうじて覚えていた。

「きれいな人だったけど変わっていたね」

どこかからか引っ越してきたその女は、容姿も目立っていたが、何よりも越してきた当時から奇行がひどかった。夜中に叫んだり、食べものを外に放り出したり、汚れたシュミーズ一枚の姿で徘徊したり――。気の毒な人だとよく噂になっていたので、自殺をしたと聞いた時には「やっぱり」と思ったそうだ。

女がロクな死に方をしていないことが確認できた。

次は、どうしたらよいのか。S君の父親はIさんにそう聞いた。

「今あなたたちに、せめてできることは、ご先祖さまのお墓に行って、S君の好きな五色の花を、毎日供えに行きなさい」

両親はS君に花屋で花を五色の花を選ばせて、それを持って先祖の墓に日参した。

曽祖父母、祖父母の入った墓は作ってあったが、それより先祖の墓というのを、実は両親はその存在を知らなかった。朽ちかけている墓を見て両親は建てなおすことにし、それまでの間、毎日花を供えることにした。

S君の夜中の奇行は徐々に回数を減らし、やがてすっかり治まった。

後年、S君はこう話した。

「僕がお墓に参るようになる前、うなされていた時なんだけど、僕は頭の中でずっと、行ったことのない先祖の墓に一人で参っていたんだよ」

「え？　どういうこと？」

両親に連れられて、花束を持ち初めてその場所に行った時、「これは夢の中で来ていた場所と同じだ」と思った。

墓が朽ちているのも、うなされている時に見たものとして全部覚えていた。花を供えた途端、涙が止まらなくなった。

「懐かしくて仕方がなかったんだ。故郷だと思ったんだよ」

小さな子供である息子が墓を前に号泣したのを見た両親は、ようやく救われたと実感したと言う。


家族はその後、別の家に引っ越し、それ以来、奇怪なことが起こることもなかった。

S君の家族が引っ越したあと、右隣の家に住んでいた長男が逮捕された。幼女を監禁し虐待をしていたのが発見されたからだ。

彼は供述でこう言っていたそうだ。

「毎晩キツネに命令されてやったんだ！　俺は悪くない！」

今もこの家々は現存しているが、誰も住んでいないという。

あとがき

これまでの人生に於いて、怪談本を愛し、また怪談を収集するといった癖は確かにあったが、一冊の本に出来るとは思っていなかった。

感涙が止まらない（父T光K夫さんと違い、本当の涙）。

とは言うものの怪談執筆活動のきっかけは、自らの売り込みであった。

以前からテレビ番組やトークイベントでお世話になり、面識を持つ前から大ファンであった平山夢明氏のもとを訪ね、これまで書き溜めたものを一読頂いた。

「今度さ～、アンソロジーの怪談本が出るからそこで書いてみない？」

「ほんとにですか？」

「ん。マジで」

「尊敬する平山さんに気に入って貰えた」